Die völlig verrückte Reise
eines depressiven Restaurantkritikers

STEFAN ROTHBART

Die völlig verrückte Reise eines depressiven Restaurantkritikers

Bibliografische Information der Deutschen Nationalbibliothek:
Die Deutsche Nationalbibliothek verzeichnet diese Publikation in der
Deutschen Nationalbibliografie; detaillierte bibliografische Daten
sind im Internet über dnb.d-nb.de abrufbar.

TWENTYSIX – der Self-Publishing-Verlag
Eine Kooperation zwischen der Verlagsgruppe Random House und
BoD – Books on Demand
© 2017 STEFAN ROTHBART
Herstellung und Verlag:
BoD – Books on Demand, Norderstedt
ISBN: 978-3-7407-3281-3

INHALT

IRGENDWO IM NIRGENDWO:

Eine unerwartet kühle Brise wehte dem hageren, blei-chen Mann entgegen, als er an jenem Abend aus der kleinen Zubringermaschine auf dem Flughafen von Na-buko trat. Im Grunde war der sogenannte Nabuko Int. Air-port nicht mehr als ein staubiges Rollfeld mit einer klei-nen Baracke aus Wellblech, auf der in großen Leuchtbuch-staben witzigerweise »Airportcenter« stand. Es hätte auch nicht viel gebracht, mehr Aufwand um diesen kläglichen Landeplatz zu betreiben. Durch die jährlichen Regenfälle und die daraus folgenden Überschwemmungen wurde die Landepiste in regelmäßigen Abständen abgetragen, so-dass man den Flugplatz immer wieder versetzen musste. Den Einheimischen war dieser Umstand herzlich egal und den Touristen im Grunde auch, denn diese gab es in Na-buko eigentlich nicht. Einmal die Woche flog die regionale Postmaschine das kleine Provinznest an und gönnte sich eine kleine Zwischenlandung. Zwischenlandung deshalb, weil die Maschine nur kurz aufsetzte, damit ein Kerl vom Flughafen einen Postsack in die Kabine werfen konnte, und anschließend wieder durchstartete. Im besten Fall warf der Co-Pilot einen kleinen Postsack zurück, doch das kam so selten vor, dass die Einheimischen dies mit einem speziellen Feiertag zu zelebrieren pflegten.

Anhand dieser Tatsachen hätte man meinen können, dass das Eintreffen eines Fremden für einiges Aufsehen gesorgt hätte, was es aber im Grund nicht tat.

Den hageren, bleichen Mann, dessen Name Edward Bonn war, hatte der erste Eindruck dieser Gegend hin-gegen sichtlich schockiert und dementsprechend waren seine Gesichtszüge geformt. Das Erste, was ihn aus seiner Umgebung herausstechen ließ wie eine rote Ampel auf einem Hausdach, war seine Kleidung. Prinzipiell war er zu gut gekleidet für diese Gegend, viel zu gut und noch dazu fast schon zynisch unpassend. Kaum hatte er einen Fuß auf den staubigen Boden gesetzt, waren seine roten italienischen Lederschuhe, die ohne Zweifel aus Mailand stammen mussten – was natürlich in Nabuko jedem egal war – mit rostbraunem Sand zugekleistert. Seine sommerliche, weiße Hose behielt ihre natürliche Farbe nur unwesentlich länger, ehe der Staub sich auch auf ihr festsetzte. Und als wäre es nicht schon geschmacklos genug, rote Lederschuhe mit weißer Hose zu kombinieren, wurde dies auch noch durch sein grün-rot kariertes Seidenhemd – das wohl nicht von diesem Planeten stammen konnte – und den schlappen Strohhut übertroffen. Das Zweite, das einem Beobachter, sofern es einen gegeben hätte, sofort an Mr. Bonn aufgefallen wäre, war sein kleines pinkfarbenes Rollköfferchen.

Ja, es war pink. So pink, wie Pink eben nur sein kann. Um noch deutlicher zu werden, es war das schrillste Barbiepink, das man sich vorstellen konnte.

Das Erscheinungsbild des Mannes allein war schon lächerlich genug, doch auch dies konnte noch durch seine unbeholfenen Versuche, sein Köfferchen über die Rollbahn zu schieben, übertroffen werden.

Die zierlichen Räder des Koffers gaben bereits nach wenigen Metern den Geist auf, ebenso wie Mr. Bonn seine Versuche, das Köfferchen zu schieben. Stattdessen hob er es am Griff hoch. Unschlüssig und leicht verwirrt stapfte er dann zu dem kleinen Flughafenhäuschen, unter dessen Vordach ein älterer Mann in einem Schaukelstuhl die Ankunft des Fremden verschlafen hatte. Ein zynischer Zeitgenosse hätte auch behaupten können, jener Mann stelle sich nur tot, in der Hoffnung, eine Begegnung mit Mr. Bonn vermeiden zu können.

Tot oder nicht, dem zweifelhaft modischen Ankömmling war das in diesem Moment egal. Als die Gestalt von

Mr. Bonn einen kühlen Schatten auf den Schaukelstuhl-besitzer warf, hob dieser den Kopf und blickte äußerst skeptisch zu dem den Schatten erzeugenden Mann, der es wagte, ihm die warme Sonne zu stehlen.

»Entschuldigen Sie bitte«, begann Mr. Bonn die Kontaktaufnahme, »können Sie mich verstehen? Du! Mich! Verstehen?«, fuhr er fort und versuchte, dem Schaukelstuhlmann dabei mit ziemlich wirren Gesten seine Frage zu verdeutlichen. Der Einheimische blickte hingegen recht unbeeindruckt drein. Eigentlich hatte sein Gesicht einen völlig neutralen Ausdruck, so als wäre sein Gehirn durch Mr. Bonns Frage dermaßen überfordert, dass es sich gleich abgeschaltet hatte. Das Gehirn des Mannes verstand die Frage natürlich nicht und überhaupt war sie nicht wichtig genug, um sich weiter darum zu kümmern.

Das brachte den ebenso überforderten Mr. Bonn in eine katastrophale Lage. Ausgespuckt an dem unwirtlichsten Ort, den man sich vorstellen konnte, beschissen gekleidet und mit einem rosa Koffer bewaffnet, wurde ihm erst jetzt klar, auf welchen Irrsinn er sich da eingelassen hatte. Das Ganze hatte er sich, leicht untertrieben ausgedrückt, etwas anders vorgestellt. Wenn man ihn schon irgendwo ins Nirgendwo schickte, hätte man ihm wenigstens sagen können, welche Kleidung angemessen wäre. Genau in Situationen wie diesen hasste Edward Bonn seinen Job – und er geriet relativ oft in diese Art von Situation, weshalb er seinen Job generell hasste. Eigentlich wollte er immer schon nichts weiter als einen simplen Bürojob, mit einem schönen, ruhigen und unspektakulären Tagesablauf. Als er sich vor fünfundzwanzig Jahren für die Tätigkeit als Restaurantkritiker entschied, hatte er sich nicht im Traum vorstellen können, dass ihn sein Verlag in so ein gottverlassenes Nest in der peruanischen Einöde schicken würde, um dort ein Restaurant zu bewerten. Es klänge mehr als klischeehaft, wenn man sagen würde,

dass Nabuko das letzte Drecksnest der Welt war, aber ...
Nabuko war das letzte Drecksnest der Welt.

Die Sache war nämlich die: Der Smithsonian World
Travel Verlag war der Herausgeber des umfangreichsten
Restaurantguides der Welt. Der Verlag rühmte sich, jedes,
wirklich jedes Restaurant der Welt in seinem Guide bewertet zu haben.

Katastrophalerweise hatte sich vor wenigen Monaten
herausgestellt, dass dies nicht stimmte, denn man fand
heraus, dass es in einem unbekannten peruanischen Dorf
namens Nabuko eine Taverne gab, die über eine warme
Küche verfügte – was Voraussetzung für ein Restaurant
war –, die nicht im Restaurantguide des Smithsonian
World Travel Verlages vertreten war.

Nun stand Edward Bonn auf diesem Flugacker und hatte
keine Ahnung, wie er hier jemals wieder wegkommen
würde, geschweige denn, dieses Restaurant finden würde,
zu dessen Bewertung ihn man schließlich hier abgewor-
fen hatte.

Irgendwann, nach zahlreichen Minuten offensichtlicher
Verständigungsprobleme mit dem schaukelstuhlschau-
kelnden Einheimischen, kam Edward Bonn die kleine
Reisebroschüre in den Sinn, die er in seiner Hosentasche
verstaut hatte. Ja, so unwahrscheinlich es klingen mag, es
gab eine Reisebroschüre über Nabuko und über diese eine
Taverne. Das kleine zerschlissene Papier war der eigent-
liche Grund, warum man beim Verlag überhaupt auf dieses Restaurant in Nabuko gekommen war. Eines schönen
Tages war in der Redaktion ein Brief mit der Broschüre
als Inhalt aufgetaucht und sofort war man der Meinung
gewesen, wenn dieses Restaurant eine eigene Broschüre
hatte, durfte es auch im Restaurantguide des Smithsonian
World Travel Verlages um Himmels willen auf keinen Fall
fehlen.

Edward Bonn hielt also das Stück Papier mit der Abbildung der Taverne auf der Titelseite dem skeptischen, immer noch stoisch dreinblickenden Mann unter die Nase. »Auto, brumm brumm, da hin«, gestikulierte Bonn und deutete dabei auf das Abbild auf der Broschüre.

Aus irgendeinem Grund schien der Mann diesmal sogar verstanden zu haben, worum es seinem Gegenüber ging, und deutete auf einen alten, braunen Pick-up, der einige Meter von der Wellblechhütte entfernt stand und wohl schon mehr zur Landschaft gehörte als auf eine Straße. Edward Bonn vermutete beim ersten Blick sofort, dass Braun wohl nicht die Originalfarbe des Vehikels war.

Unglücklicherweise war der Schaukelstuhlmann nicht mehr zu stoppen und es dauerte keine weiteren fünf Minuten, da saßen beide in der Schrottkiste und kurvten einen staubigen Feldweg entlang Richtung Nabuko. Der Fahrstil des Mannes war wohl nur in dieser Gegend zulässig. Mit einem überraschend hohen Tempo navigierte er das Fahrzeug durch dichte Dschungelpfade, Wasserlöcher, Hügel und staubige Schotterpisten.

Nach etwa fünfzehn Minuten rauer Fahrt stoppte die Karre auf dem Dorfplatz von Nabuko und Edward Bonn kullerte benommen aus dem Fahrzeug, um sich sogleich zu übergeben.

Der Mann hinter dem Steuer lachte und brauste dann wieder davon.

Trotz der vermeintlich zentralen Lage hatte niemand von der Rückwärtsmahlzeit Notiz genommen, was nicht weiter verwunderlich war, denn weit und breit war keine einzige trostlose Menschenseele zu sehen. Es schien fast so, als wäre Edward Bonn in der Sahelzone des Lebens gelandet, denn außer dem verrückten Fahrer schien es im Umkreis dieser Wellblecharchitekturen keinerlei Lebenszeichen zu geben. Der Restaurantkritiker richtete sich auf und entfernte den Staub von seiner Hose, mit dem Ergebnis, dass diese nicht sauber wurde, sondern seine

Hände schmutzig. Er gab auf. Glücklicherweise hatte der Fahrer das pinke Rollköfferchen aus dem Wagen geworfen, ehe er wieder davongerast war. Unglücklicherweise war es jedoch aufgebrochen und der Inhalt lag verstreut im staubigen Sand. Lieblos sammelte Edward Bonn seine Reiseutensilien wieder ein und verstaute sie im Koffer. Der Versuch, diesen wieder zu schließen, scheiterte, da der Verschluss gebrochen war. Er gab wieder auf und ließ den Krempel einfach liegen. Irgendwie hatte er das Gefühl, dass er seinen elektrischen Rasierapparat in dieser Gegend sowieso nicht verwenden konnte. Seine Umgebung prüfend, blickte er sich erst mal mit einer gekonnten Drehbewegung um. Die kläglichen Häuser, die rings um den staubigen Dorfplatz standen, waren architektonisch nicht weiter entwickelt als die komische Wellblechhütte am Flughafen. Irgendwie drängte sich Bonn die Frage auf, wieso in einer Gegend, wo es sonst nichts gab, die Einheimischen genügend Wellblech für ihre Hütten auftreiben konnten. Es wäre für ihn ja noch logisch gewesen, wenn er eine klägliche Ansammlung von strohbedeckten Holzhütten vorgefunden hätte, aber ausgerechnet das hässlichste aller auf der Welt vorhandenen Baumaterialien hatte er nicht erwartet. Nach der zweiten Drehung fiel sein Blick auf eine spezielle Wellblechbaracke, die mit Bonns Kleidung harmonierte und deswegen ebenso markant und zynisch unpassend aus der Gegend hervorstach. Zwischen zwei Palmenformationen befand sich ein mit rosa Farbe angeschmiertes Wellblechhäuschen mit einer Leuchtreklame auf dem Dach, der offenbar einige Buchstaben fehlten. Ein tiefer, urmenschlicher Instinkt sagte ihm, dass ein Gebäude, das so angemalt war, entweder nur ein Puff sein konnte oder aber ein Restaurant.

Im Glauben, sein Reiseziel gefunden zu haben, stapfte er entschlossen auf die kleine Hütte zu. Aus dem Inneren drang leise irgendeine Art von Musik. Es klang nach

Spanisch und erinnerte an die gemütliche Dudelei alter Kolonialherren, wenn sie an heißen Nachmittagen auf der Veranda ihren Sklaven bei der Feldarbeit zusahen. Doch es hätte genauso gut auch der neueste Hit von Shakira sein können, denn Bonn verstand von Musik so viel wie ein peruanisches Lama von Philosophie. Der Eingang bestand aus zwei Flügeltüren und erinnerte an einen Saloon aus dem Wilden Westen, zumindest wenn man sich das Pink und das hässliche Wellblech wegdachte. Bonn schwenkte die beiden Flügel zur Seite, trat ein und stolperte über eine Kante am Boden des Eingangs. Unter erheblicher Lärmerzeugung krachte er gegen einen klapprigen Kleiderständer, der zwar gerade keine Kleider zu tragen hatte, aber trotzdem zusammenbrach.

Peinlich berührt von seinem Missgeschick, blickte er sich nach eventuellen Beobachtern um und entfernte sich dann dezent von der Unglücksstelle.

Erwartungsgemäß war allerdings niemand da. Viele Gäste hätten ohnehin nicht Platz gehabt, wie Bonn sofort feststellen konnte. Es gab genau drei Tische, die so aussahen, als würden sie gleich das Schicksal des Kleiderständers teilen, und eine ebenso klapprige und staubige Theke. In der Ecke standen die Reste eines alten Pianos. Zumindest hatte man einst versucht, etwas Stil in diese Spelunke zu bringen, dachte der Restaurantkritiker und gesellte sich erst mal zur Theke. Neben einer kleinen Schale mit Nüssen stand auch ein kleiner Ständer mit Prospekten. Bonn zog seine Broschüre aus der Hosentasche und stellte das verknüllte Stück Papier zurück zu seinen Artgenossen. Ein plötzliches Poltern aus der Küche kündigte an, dass es doch noch menschliches Leben in dieser Gegend gab. Voll freudiger Erwartung, wie Robinson Crusoe, der in der Ferne endlich ein rettendes Schiff erblickt, wandte sich Bonn dem kleinen Kücheneingang zu. Doch wie für Robinson, der das rettende Schiff wieder in der Ferne entschwinden sieht, brach auch für Bonn die Welt der vernünftigen Erwartungen zusammen, als ein, wahrlich untertrieben ausgedrückt, ungustiöser, fetter, kleiner Mann mit einer weißen Kochhaube auf dem Kopf zum Vorschein kam. Als wäre ein schlechter, in den Papierkorb entsorgter Entwurf von Picasso lebendig geworden, blickte Bonn im ersten Moment voller Entsetzen auf die vermeintlich menschliche Kreatur. Unser Mr. Bonn war viel gewohnt und hatte in seinem Beruf noch mehr erlebt, doch beim Anblick dieses Küchenchefs fühlte er sich wie einer dieser namenlosen Japaner in einer Godzilla-Verfilmung, die zuerst panisch »Godzilla, Godzilla!« schreien, dann zu spät davonrennen und schließlich zertrampelt werden. Er konnte gar nicht genau definieren, was ihn an diesem Mann so schockierte. Zuerst dachte er, die furchtbar mit allerlei Essensresten bekleckerte Schürze sei es, dann fiel sein Blick auf die zerschlissene braune Hose, die ausgerechnet dort ein großes Loch hatte, wo man eigentlich nicht wissen wollte, was dahinter ist, man aber blöderweise immer hinschaut. Das doofe Loch war zudem noch mit einem hübschen gelben, kreisrunden Fleck versehen. Doch dann fiel ihm das pausbackige, geknautschte Gesicht des Mannes auf. Es sah aus, als hätte man es wie einen Luftballon aufgepumpt, um es anschließend mit zwei Abrissbirnen von jeder Seite zu demolieren. Zwischen den fetten Pausbacken befand sich eine kleine, pflaumenartige Öffnung, die wohl der Mund sein musste. Der Mann schien zwar eine Glatze zu haben, was aber gar nicht auffiel, da seine buschigen Augenbrauen wie Unkraut über sein halbes Gesicht wucherten.

Nur eine Tatsache konnte dieser Situation noch die Krone aufsetzen. Dieser Küchenchef, der aussah, als hätte man ihn aus einem schlechten Horrorfilm ausgeliehen, war, zum endgültigen Entsetzen von Edward Bonn, Franzose.

Ja, ein Franzose. Der Mann öffnete seine komische Mundöffnung und brachte irgendwas hervor, das wie »Bonjour« klang. In diesem Moment hatte Bonn ein Déjà-vu, das ihm das blanke Grauen in die Glieder fahren und ihn kurz darauf vor lauter Schock ohnmächtig zusammenbrechen ließ. Dabei schlug er mit seinem Kopf wie eine Baggerschaufel eine Furche in die Theke.

So ziemlich am anderen Ende der Welt, in Los Angeles:

Während der furchtbar fette und zugleich furchtbar hässliche französische Küchenchef irgendwo am anderen Ende der Welt den armen Edward Bonn umkippen sah, schritt ein nicht minder fetter und hässlicher Mann in einem Bürogebäude am Rande von Los Angeles einen Korridor entlang. Die spärlich im Gang verteilten Büromitarbeiter wichen der Gestalt aus, als würde die schrecklichste aller Flutwellen auf sie zuschießen. Doch es handelte sich nicht um eine Naturkatastrophe, sondern eher um eine menschliche Plage namens Henry Dump, der ungeliebte Verlagsleiter der Smithsonian Company, welche die Muttergesellschaft des Smithsonian World Travel Verlages war. Hämisch grinsend verpasste er einer jungen blonden Praktikantin einen Klaps auf den Hintern, die daraufhin hysterisch aufschrie und empört in einem Büro verschwand.

Wieso sich diese Weiber immer so aufregen müssen, wenn man ihnen etwas Aufmerksamkeit schenkt? Dump konnte sich jedes Mal köstlich darüber amüsieren, wenn die Frauen obligatorisch empört das Weite suchten, so, als könnte ihre Reaktion verhindern, was geschehen war.

»Die brauchen es doch eh alle«, murmelte er vor sich hin und verlagerte sein massiges Gewicht nach rechts, um eine Richtungsänderung seiner unästhetischen Fortbewegung einzuleiten, und bog in den Aufenthaltsraum ein, wo er sogleich zielstrebig den Kaffeeautomaten ansteuerte und es sogar schaffte, seine unförmige Körpermasse noch rechtzeitig vor dem Ziel zum Stehen zu bringen.

»Welcher Vollidiot – ?!«

Im gesamten Stockwerk zuckten die Mitarbeiter in einer

kollektiven Bewegung zusammen und eine böse Vorahnung stieg in so manchem von ihnen auf.

Einige flüchteten instinktiv unter ihre Schreibtische, andere wiederum begannen sofort mit schamanischen Ritualen, um das drohende Übel noch abwehren zu können. Wiederum andere fielen gleich in Ohnmacht, um nicht miterleben zu müssen, was unausweichlich folgen würde.

Henry Dump konnte das Wort *Vollidiot* auf eine ganz bestimmte Art und Weise brüllen, sodass sich jeder sofort vorkam wie die erste primitive Ursuppe unintelligenter Einzeller, die im Begriff war, von ihrem allmächtigen Schöpfer ausgelöscht zu werden. Er brachte es fertig, das Wort mit einer derart arroganten und niederschmetternden Tonlage auszustoßen, dass es bei den meisten Menschen kurzzeitig den Drang zum Selbstmord auslöste. Und: Henry Dump benutzte dieses Wort oft.

Die meisten Mitarbeiter hatten es diesen Morgen kommen sehen und sich bereits seelisch darauf vorbereitet. Die ganz Schlauen unter ihnen hatten sich sogar für den Tag krankgemeldet, andere wiederum behalfen sich mit starken Kopfschmerzmitteln. Seit gestern wusste jeder, dass ein großes Unheil bevorstehen würde. Denn gestern war Mittwoch gewesen und mittwochs kam immer der Typ von der Automatenfirma und füllte die Bestände auf. Doch dieses Mal war er krank gewesen und man hatte vergessen, eine Vertretung zu schicken.

Folglich ergab sich für die Belegschaft in Stockwerk 11 des Smithsonian World Travel Verlages ein heikles Krisenszenario.

Da die Unmengen an Kaffeekonsum an Montagen stets dazu führten, dass dienstags bereits das interne Rationierungsprogramm gestartet werden musste, um die Versorgung des für jeden Büroarbeiter lebenswichtigen Flüssigstoffes bis zur Nachfüllung am Mittwoch zu gewährleisten, war es wirklich, wirklich wichtig, dass dieser Kaffeeautomat rechtzeitig wieder befüllt wurde. Denn donnerstags – und das wusste jeder hier in der Abteilung – kam der Chef der Company vom vierzehnten Stock in den elften, um dort gemeinsam mit Penny »the swine« Bigglington eine Tasse des heißen Gebräus zu konsumieren.

Penny Bigglington war die älteste Mitarbeiterin im Verlag und eine Jugendflamme von Dump. Dieser hatte ihr nach einer kurzen Romanze vor 35 Jahren in einem New Yorker Nobelrestaurant feierlich einen Antrag gemacht, aber nicht um sie zu heiraten, sondern um sie zu bitten, für die Buchhaltung im Verlag zu arbeiten.

Für Penny war Dump ein Traummann. Reich, mächtig und ebenso beleibt wie sie selbst. Sie hatte schon immer ein Faible für fette Mannsbilder gehabt, aber Henry war für sie immer unerreichbar gewesen. Nie im Traum hätte sie sich vorstellen können, dass dieser attraktive Frauenschwarm ausgerechnet sie heiraten würde, wo er doch ein so ausgelassenes Liebesleben führte und fast jede Woche eine andere Frau an seiner Seite hatte. Dump ging in Wahrheit regelmäßig ins Puff, erzählte aber jedem, welche heißen Feger er schon wieder auf irgendeiner Schickimicki-Party in Hollywood aufgegabelt hatte.

Als er ihr schließlich das Angebot machte, im Verlag zu arbeiten, war dies das höchste aller Gefühle für Penny gewesen. Sie hatte mit Tränen in den Augen *ja* gesagt und alle im Restaurant hatten applaudiert.

In Wahrheit war Henry Dump aber genauso verschossen in Penny wie sie in ihn, aber beide waren in Liebesdingen zu schüchtern, um sich je vorstellen zu können, der andere könnte die eigene Liebe erwidern. So heiratete Penny einen Burgerbudenbesitzer am Rodeo Drive und Henry die Schwester eines großen Filmproduzenten. Er ließ sich allerdings wieder scheiden, als sich herausstellte, dass seine Frau geistig etwas zurückgeblieben war. Der große Filmmogul, Arthur McDuffy, war seither etwas schlecht auf Dump zu sprechen. Genauer gesagt führten die beiden seit etwa fünf Jahren einen Rechtsstreit, der sich um immer neue Anklagen drehte. Zuletzt hatten sich beide mit Morddrohungen überhäuft. McDuffy war sogar sehr originell und drohte, Dump in einem seiner nächsten Horrorstreifen vor laufender Kamera durch eine Fleischmühle zu drehen. Henry konterte tapfer, er werde McDuffy mit einer vergoldeten, dreitausend Seiten starken Jubiläumsausgabe des Restaurantguides eigenhändig den Schädel einschlagen. Bei der letzten Gerichtsanhörung wäre es beinahe so weit gekommen.

Jedenfalls war es ein wöchentliches Ritual geworden, mit Penny Bigglington am Donnerstag eine Tasse Cappuccino zu trinken. Sie mochte ihn mit extra Zucker, er mit extra Schaum. Das gemeinsame Beisammensitzen war für Dump mittlerweile der Höhepunkt seiner tristen Arbeitswoche geworden. Wie ein kleiner Junge freute er sich jeden Donnerstagmorgen auf das gemütliche Kaffeekränzchen. Voller Freude stand er bereits um halb fünf Uhr morgens auf, duschte ausgiebig, putzte geschlagene zehn Minuten seine Zähne, spülte dreimal mit Mundwasser nach und benutzte sogar das grauenhafte Irisch Moos-Aftershave, welches Penny so gut gefiel.

Aber nun zurück zur Szene.

»Welcher inkompetente, völlig schwachsinnige Volldepp hat vergessen MEINEN Cappuccino nachzufüllen?!«

Der Satz wirkte wie ein Erdbeben und selbst zwei Häuserblocks weiter glaubte man noch, die Wände hätten kurz gewackelt.

»Verzeihen Sie, Mr. Dump.«

Die Stimme stammte von Lilly Dreamsby, die sich heute für das Allgemeinwohl in Gefahr begab und versuchte, den Allmächtigen um Vergebung zu bitten.

Die blonde Südstaatenschönheit hatte stets ein gewisses sexuelles Verlangen bei Henry Dump geweckt, weshalb sie von ihren Kollegen regelmäßig bei Chefangelegenheiten an die Front geschickt wurde.

»Ah, Miss Dreamsby. Sie können mir bestimmt mit Ihrer blonden Eloquenz erklären, warum der Cappuccino alle ist?«

Offenbar half das Wecken von Paarungsgefühlen heute wenig.

Lilly lächelte kurz blöd. Sie hatte den Sarkasmus von Dump nicht verstanden.

»Mit meiner was? Falls Sie meine Haare meinen, die Frisur ist neu. Aber eigentlich wollte ich Ihnen sagen, dass der Kerl von der Firma, die das Dings, also Sie wissen schon, das Teil hier, immer vollmacht, also mit neuem Kaffee und so ... also, der war gestern nicht da.«

»Was soll das heißen, er war nicht da?«

»Na ja, Mr. Dump, der Typ ist nicht gekommen, um den Cappuccino aufzufüllen, deshalb ist er leer ...«

»Halten Sie mich für blöd oder was? Das sehe ich selbst, dass der Automat leer ist, aber *warum* ist der Scheißkerl nicht aufgetaucht?«

»Äh, das weiß ich nicht so genau, also, ich glaube, dass der Mann krank geworden ist. Hutchy von der Vermittlung meinte, er hat gestern angerufen und sich krankgemeldet, also glaube ich mal, dass er krank gewesen ist, also gestern.«

»Und warum hat diese Schlampe Hutchy nicht diese dämliche Firma angerufen und eine Vertretung bestellt?«

»Hutchy heißt David Hutch, ist also keine Frau.«

»Er ist trotzdem eine Schlampe! Also noch mal für die ganz Bescheuerten: Warum ist der Cappuccino alle?«

Lilly lächelte wieder dämlich. Eigentlich lächelte sie immer dämlich, wenn sie etwas nicht verstand, und sie verstand vieles nicht – und das relativ oft.

»Sie sind aber lustig heute, ich halte Sie ja gar nicht für blöd, Mr. Dump.«

»Aber ich Sie!«

»Oh.«

Irgendwie schien sie jetzt kapiert zu haben, dass ihr Chef sie beleidigt hatte.

»Nun, weil keiner gekommen ist, den Automaten aufzufüllen, Sir.«

»Wie beschissen dämlich sind Sie eigentlich? WARUM ist keiner gekommen, um das Scheißding aufzufüllen?«

Lilly Dreamsby schien nun endgültig den Ernst der Lage erkannt zu haben. Auch dass ihr Chef heute anscheinend ziemlich sauer war, dämmerte ihr allmählich. Sie überlegte gründlich, was sie am besten sagen sollte. Irgendwie musste sie Dump davon überzeugen, dass es nicht ihre Schuld war, dass der Automat leer gesoffen war. Es war klar, dass es nun an ihr lag, den restlichen Tag zu retten. Würde sie jetzt etwas Falsches sagen, dann würde Dump die ganze Belegschaft terrorisieren. Es musste etwas Intelligentes sein, das die Situation voll und ganz auf den Punkt brachte. Sie stemmte die Hände in die Hüften und blickte Dump selbstsicher an, so wie man es ihr beim Karriereseminar gezeigt hatte. Sie war bereit, ihrem Chef Kontra zu geben, und sie war sich sicher, es würde ihn umhauen.

»Na, weil der Typ krank geworden ist.«

Dump schlug sich auf den Kopf. Er fühlte sich wieder einmal bestätigt, dass keiner *ihn* verstand und er nicht verstand, warum keiner den Grips hatte, ihn endlich zu verstehen.

»Sie Haufen Blödheit in Menschenform, gehen Sie mir aus dem Weg und rufen Sie diese verdammte, beschissene Automatenfirma an, damit die einen Trottel schicken, dem ich in den Arsch treten kann, bevor ich das bei Ihnen mache!«

»Ich fasse Ihre Bemerkung als sexuelle Belästigung auf.«

»Ja, von mir aus trete ich Ihnen auch woanders hin, aber bitte, *bitte*, RUFEN SIE JETZT DIESE SCHEISSFIRMA AN!!!«

Zwei Häuserblocks weiter, in einem Büro eines Talentagenten, wackelten die Wände, und ein eingerahmtes Filmposter von Tom Cruise in *Top Gun* krachte auf den am Schreibtisch telefonierenden Agenten herunter und spaltete seinen Schädel. Die Gesamtheit aus Poster, Agent und den beiden Schädelhälften krachte auf den Glasschreibtisch, der sich in die bewegende Gesamtheit einfügte und in einem ekelhaften Haufen auf dem weißen Teppichboden endete.

Aus dem Telefonhörer drang eine Stimme.

»... nur weil die mich bei Paramount rausgeschmissen haben, brauchst du nicht gleich den Kopf zu verlieren. Hey! ... Jeff? Ich rede mir dir, du Idiot ... wenn du mit mir jetzt nicht mehr redest, ich schwöre dir, ich erzähl' deiner Frau, dass du bei Oprah hinter der Bühne die Regieassistenz gevögelt hast! ... Jeff? Hallo? Arschloch!« Piep, piep, piep ...

Nicht ganz so weit weg, drüben in West Hollywood:

Sülze! Mist!«

Der leicht korpulente Mann hinter dem Schreibtisch warf einen Haufen Papier aus dem Fenster. Er hasste schlechte Drehbücher und er mochte es, wie sie so schön hübsch aus dem Fenster flatterten. Tony Brooks, seines Zeichens Filmproduzent, strich sich durch das ekelhaft geglättete Haar und nahm seine schwarze Sonnenbrille ab.

»Es ist scheiße. Wenn ich auf ein Blatt Papier kotze, kommt was Besseres dabei raus. Das Skript ist einfach scheiße. Es tut mir leid. Ich will Ihnen ja nicht zu nahe treten, nichts läge mir ferner, als Sie persönlich anzugreifen. Grundsätzlich habe ich großen Respekt vor Ihrem Berufszweig. Ja, wirklich, ich bewundere jeden Schreiber. Ist verdammt hart, in dem Geschäft zu bestehen, also bewundere ich jeden, der davon leben kann. Aber das hier ist einfach schlecht. Nein, es ist schlechter als schlecht. Mann, ich kann gar nicht sagen, wie schlecht das ist, es ist einfach so ... dermaßen ... es ist einfach schlecht.«

Show business can break hearts. Tony Brooks lehnte sich in seinem Ledersessel zurück und steckte sich eine Zigarre an. Ihm gegenüber saßen der Agent Bobby Walker, der eben noch versucht hatte, dieses aus seiner Sicht ausgezeichnete Skript zu verkaufen, und ein junger Autor, der Bobbys neueste Entdeckung war. Beide ließen den Kopf hängen.

Wenn Tony Brooks irgendetwas schlecht fand, dann war es auch schlecht. So war das hier in Hollywood, denn Hollywood gehörte ihm. Zwar nicht im streng rechtlichen Sinne, aber er war eben der einflussreichste Filmproduzent in der Stadt.

Und wenn so ein Mann etwas schlecht fand, dann war es schlecht. Prinzipiell gab es nur zwei Möglichkeiten: Entweder es gefiel ihm, dann war es hervorragend, oder es gefiel ihm nicht, dann war es »die letzte Scheiße, die ich je gelesen habe«, wie er immer zu betonen pflegte. Bobby Walker hingegen war Talentagent – mit einem großen Problem. Er hatte einfach zu viel Geschmack für diese Stadt. Der junge Autor Steven Red, was natürlich ein Künstlername war, hatte in seinen Augen das Zeug zum Oscargewinner. Tatsächlich hatte das letzte Drehbuch sogar einen europäischen Filmpreis gewonnen und war auch mit diversen internationalen Auszeichnungen bedacht worden. Diese interessierten aber in Hollywood keine Sau. Nur der Oscar war interessant. Wenn ein Film kein Oscarpotenzial hatte, war er Mist, außer er sprengte die Kinokassen, dann war er zwar vielleicht trotzdem Mist, aber lukrativer Mist. Für Brooks gab es eine einfache Regel. Entweder ist es Kunst und verkauft sich gut, oder es ist Schrott und verkauft sich gut, Hauptsache, es verkauft sich gut. Deshalb war ein Film für ihn prinzipiell ein guter Film, wenn er sich gut verkaufte.

Das neue Drehbuch von Steven Red war durchaus nicht etwas, das man prinzipiell als schlecht bezeichnen konnte. In Europa würde er damit vielleicht sogar Erfolg haben, aber Europa hatte kein Geld, weshalb sich die Sache auch schon wieder erledigt hatte, denn schließlich waren die Leute in der Filmbranche, um Kohle zu machen. Showgeschäft eben. Eine Geschichte über einen griechischen Juden, der sich mitten in den Wirren des Zweiten Weltkriegs ausgerechnet im Schützengraben in einen deutschen Soldaten verliebt, wo beide heimlich in den stillen, nächtlichen Feuerpausen ihre perverse Liebe entdecken und am Ende während des Liebesaktes von einem Panzer überrollt werden, war eben nicht gerade etwas, was sich gut verkaufte. Also war es schlecht.

»Jetzt lassen Sie nicht den Kopf hängen, Junge. Dass die ganze Sache im Zweiten Weltkrieg spielen soll, ist ja schon mal prima. Schreiben Sie das Teil einfach etwas um. Streichen Sie die Hauptfigur, ach was, lassen Sie einfach den ganzen Liebesschwachsinn raus, den wollen doch nur Frauen sehen und die wollen aber keinen Krieg und solches Zeug. Also, entweder schreiben Sie einen Liebesfilm oder einen schön knackigen Kriegsfilm. Genau, bleiben wir beim Kriegsfilm.«

Brooks schnippte seine Zigarre aus dem Fenster und steckte sich sofort eine neue an.

»Wollen Sie auch eine? Sind echte kubanische. Lass ich mir extra raufschmuggeln von so einem Kerl. Klasse Typ, hat alles drauf, also dieses Kampfsportzeug, einer von den ganz Harten, war in Vietnam oder so. Aber das Beste, er war im Knast. Einfach ein Knüller, der Typ. Hab ihm gleich 'ne Hauptrolle in so einem Actionstreifen gegeben. Und Boom! Macht jetzt mit Jenny rum. Die beste Publicity, das sag' ich euch. Ihr kennt doch Jenny, oder?«

Seine beiden Gegenüber schüttelten unsicher die Köpfe.

»Jennifer Lopez natürlich. So läuft das hier, Junge.«

Brooks schnippte die Zigarre erneut weg und machte eine dieser komischen Gesten, die Filmproduzenten so draufhaben, um irgendwie cool zu wirken.

»Also, Junge, sprechen wir mal Klartext. Das Skript ist scheiße. Aber ich glaube, du hast das Zeug zu einem wirklich guten Drehbuchautor. Also, raus mit dem Liebeskram, ein paar ordentliche Schlachten, amerikanische Helden und dämliche Tommies. Wir machen einfach eine Story über den D-Day.«

Steven Red blickte schüchtern auf.

»Aber es gab schon Dutzende Filme über den D-Day, ich denke, die Leute wollen, ähm, ich denke, die wollen mal was anderes, was Neues sehen.«

»Schwachsinn, Junge. Der D-Day war jedes Mal ein Renner. Und seit wann wissen die Leute schon, was sie wollen? Die haben keinen blassen Schimmer. Zwanzig Millionen für Werbung, dann wissen sie, was sie wollen, Junge. Also, schreiben Sie mir so ein Teil. Irgendwas Heldenhaftes. Ein Fallschirmtrupp schlägt sich hinter den feindlichen Linien durch, ach, Ihnen fällt schon was ein.«

Brooks knallte ein Scheckbuch auf den Tisch und kritzelte so ganz nebenbei eine Zahl mit ein paar Nullen drauf.

»So, hier haben Sie, äh ...«, er blickte auf den Scheck, »was'n das für eine Scheißzahl? Sagen wir einfach, vier Millionen als Vorschuss. Wie lange brauchen Sie für das Skript? Ach, sagen wir einfach, fünf Monate. Wer ist Ihr Lieblingsschauspieler, Junge?«

Der mittlerweile völlig verwirrte Autor blickte wieder geduckt auf.

»Ich weiß nicht, Brad Pitt?«

»Ausgezeichnet, Brad Pitt für die Hauptrolle, alles klar.«

Brooks griff zum Telefon und hämmerte in die Tasten, während er hartnäckig an einer neuen Zigarre zog. Eine Person meldete sich.

»Hey, Bob! Ruf Brad an und frag ihn, ob er im Sommer Zeit hat, so für ein paar Wochen, ich hab 'ne Hauptrolle.«

Der Hörer krachte wieder runter.

»So, wo waren wir stehen geblieben? Ach ja, der Scheck.«

Er schob das Teil rüber. Das Telefon klingelte, Brooks hob ab.

»Ja? Das Drehbuch? Gibt's noch nicht. Wird so ein Streifen über den D-Day ... Was für Kinder? Brad hat Kinder? Seit wann? ... Kacke! ... Ja, ich check das.«

Brooks schmetterte den Hörer erneut auf die Gabel und blickte zu dem Autor.

»Okay, Planänderung. Brad hat Kinder. Wir brauchen also eine weibliche Hauptrolle für Angelina, alles klar.«

Das Telefon läutete erneut.

»Ja? In Frankreich? Was wollen die im Sommer in Frankreich? ... Scheiße, gib ihm fünfzehn Riesen extra und er soll die Plagegeister aufs Set mitnehmen, dann wird er schon motiviert sein.«

Brooks legte auf und lächelte triumphierend.

»Hehe, also Brad ist an Bord, Angelina wahrscheinlich auch, aber das müssen wir noch checken. Also machen Sie sich mal ans Werk, in zwei Wochen drehen wir schon mal den Trailer. Sie schaffen das, Junge, ich vertraue auf Sie.«

Brooks zwinkerte und entließ seine beiden Untertanen aus dem Büro.

Er war sich sicher, den nächsten großen Coup gelandet zu haben. Zufrieden steckte er sich eine neue Zigarre an und schnippte sie nach zwei Zügen wieder weg.

Tatsache war, dass Brooks International Pictures in der Krise steckte. Nach drei fetten Jahren, in denen ein Kassenschlager den anderen jagte und sich die Kosten von Film zu Film zuerst verdoppelten, dann verdreifachten und letztendlich explodierten, war Tony Brooks schon seit einem Jahr kein bedeutender Hit mehr gelungen. Zu allem Übel hatte ihm sein schärfster Konkurrent, Arthur McDuffy, vor einem Monat die Filmrechte an diesem Bestsellerroman weggeschnappt. Es wäre garantiert ein epochales Meisterwerk geworden, da war sich Brooks sicher, und er war sich auch sicher, dass McDuffy es versauen würde. Der Typ hatte es einfach nicht drauf. Dem Kerl fehlten einfach das Gespür, die Emotion und die Leidenschaft. Nicht so bei Brooks, der eine göttliche Inkarnation von Hitchcock zu sein glaubte. Aber wie auch immer. Er brauchte verdammt noch mal einen neuen Blockbuster und es war verdammt noch mal keiner in Sicht. Seit Monaten ackerte er schlechte bis grauenhafte Drehbücher durch. Eigentlich las er ja nur den Titel, wenn der ihm gefiel, prüfte er die Dicke des Buches, ob da auch was drinnen stand, und entweder fand er, dass es gut in der Hand lag oder nicht.

In der Tat, Tony Brooks hatte ein Problem, und dieses Problem hieß Autorenstreik.

Dieser abartige Wahnsinn, der alle Schreiberlinge im letzten Jahr wie die Pest heimgesucht hatte und sie alle wie Zombies grölend auf die Straßen gehen ließ, hatte einen katastrophalen Einbruch an guten Filmstoffen verursacht.

Brooks hasste Streiks und er hasste Gewerkschaften, weil diese Streiks verursachten.

Scheiße. Es wird doch wohl noch irgendeinen Bestseller geben, den man einigermaßen verfilmen kann. Nicht so was Anspruchsvolles und Intelligentes, das kapieren die Leute ja alle nicht. Es muss etwas sein, das jeder kennt, das jeder braucht und dass es noch nicht gegeben hat.

Brooks fand die Situation schlichtweg unfair. Dieser alte Sack McDuffy und seine komplett kaputte Schwester durften einen Bestseller verfilmen. Dabei hätte er ihn doch so gerne selbst gemacht. Er hätte die Titanic ein zweites Mal untergehen lassen, Prinzessin Leia eigenhändig aus dem Todesstern gerettet, ja, er hätte sogar Steven Spielberg als Regisseur angeheuert, um diesen Film machen zu können. Wenn ihn nur dieser Idiot McDuffy nicht machen würde.

Aber dem war nun mal nicht so, und Brooks war kein Mann der Vergangenheit, sondern jemand, der beim Fehlschlagen eines Plans sofort einen neuen Plan entwirft, und wenn dieser wieder fehlschlagen sollte, dann eben wieder einen neuen. Er war ein Mann der Tat und er musste nun etwas tun.

Er griff zum Hörer.

»Bob, schick mir Vincent!«

VINCENT TORTURRO:

Rundherum ging alles in die Luft. Das Auto, das andere Auto, der Bus davor, das Haus daneben, die Leute drinnen und mitten im Geschehen ein russischer Kampfpanzer, der gerade dabei war, die Gegend etwas umzugestalten.

Es krachte, rauchte und brannte. Leute rannten panisch umher – sie hatten komische Uniformen an –, kreischten, schossen mit ihren Gewehren – diese sahen ebenfalls eigenartig aus –, wurden selbst erschossen oder elegant in Fetzen gesprengt. Flugzeuge flogen über das Trümmerfeld, warfen Bomben und schossen Raketen, es krachte wieder und so allmählich verwandelte sich alles in einen kakophonischen Haufen herumfliegender, brennender Gesamtheit.

»Cut!«

Die Leute hörten auf zu schießen und zu sterben, die Autos hörten auf zu explodieren und der Panzer hörte auf die Gegend zu verschönern.

»Du da! Du stehst völlig falsch!«

Einige Meter neben dem schönen künstlichen Filmset eines erstaunlich brutalen, unrealistischen Actionstreifens war ein Typ mit Safarihut, Sonnenbrille und USMC-T-Shirt aufgestanden. Er sah aus wie die abgefahrene Hybridversion von John Lennon und Peter Jackson. Eventuell war es auch Peter Jackson, nur mit sehr langen Haaren und einer blöden Sonnenbrille.

»Wer? Ich?«

»Ja, wer denn sonst?!«

Einer der uniformierten Statisten blickte perplex zum Regisseur.

»Was ist?«

»Du stehst falsch, verdammt noch mal!«

»Wieso stehe ich falsch?«

Jackson bewegte den Kopf hin und her und machte wirre Handgesten.

»Sieht scheiße aus!«

»Wieso sieht es scheiße aus, so wie ich stehe?«

»Nein, nicht die Art, wie du stehst, sondern *wo* du stehst.«

»Und wo sollte ich stehen?«

»Keine Ahnung, irgendwo, wo's besser aussieht.«

»Tolle Regieanweisung ...«

»Peter!«

»Was?«

Jackson blickte zum Regieassistenten, der fast so aussah wie Peter Jackson, nur schlank, also eher wie John Lennon.

»Er ist gar nicht im Bild.«

»Was heißt das, er ist nicht im Bild?«

»Das ist Einstellung sieben, da sind die Cyberkrieger nicht im Bild.«

»Ich dachte, wir haben Einstellung vier.«

Die Luke des Panzers klappte krachend auf und ein eingerußter, ziemlich verrückt aussehender Typ lugte hervor.

»Hey, was ist los?«

Der uniformierte Cyberkrieger, der eben noch falsch gestanden hatte, blickte zum Panzer auf.

»Bin falsch gestanden.«

»Was? Wie geht'n so was?« Der Panzerfahrer verzog verwirrt das Gesicht.

»Und was machen die jetzt?«

Cyberkrieger und Panzermann starrten zum Filmteam hinüber, wo Jackson und ein paar andere Leute gerade wild debattierten, indem sie sich gegenseitig mit Skripten und Drehbüchern bewarfen.

»Ich schätze, die besprechen eine Drehplanänderung«, meldete der komisch uniformierte Statist.

»Mann, war das bei *Herr der Ringe* auch so?«

»Keine Ahnung, bin erst bei *King Kong* dazugekommen.«

»Hey, echt, du warst in *King Kong*? Wen hast du gespielt?«

»Den Kerl im Auto.«

Der Typ im Panzer blickte wieder dämlich drein.

»Den Kerl im Auto?«

»Ja, ich saß in dem Auto, das King Kong den Broadway runtergeschleudert hat.«

Panzermann und Cyberkrieger blickten einander an. Ersterer war ziemlich beeindruckt.

»Wow, geile Rolle.«

Beide schwiegen und blickten zum Streithaufen drüben bei der Regie. Die Vögel zwitscherten. Die Stille, abgesehen von den Streitgesprächen, wurde plötzlich von dem penetrant nervenden Läuten eines Mobiltelefons unterbrochen. Der Typ im Panzer blickte zuerst stutzig, dann verwirrt, und kramte schließlich mit der Zuversicht, es handle sich um sein Telefon, eben dieses aus seiner Hosentasche hervor.

»Ja, Vincent Torturro.«

»Hey, sollten wir die Handys nicht ausmachen?«, schallte es von unten herauf.

Der panzerfahrende Statist, der sich soeben als Vincent Torturro zu erkennen gegeben hatte, war in sein Telefonat vertieft. Offenbar war es wichtig.

»Hey, wer hat gesagt, dass du telefonieren darfst?«

Der Streit zwischen Regisseur und Regieassistenz hatte sich soeben für beendet erklärt, als beide merkten, dass sie einem anderen die Schuld an allem geben konnten.

»Hey, mach das Telefon aus, wir wollen weiterdrehen, du hältst alles auf, du Idiot.«

Vincent reagierte zunächst nicht. Der schlanke, langhaarige Regieassistent stapfte zum Panzer hinüber, wild entschlossen, seinem Boss nun zu zeigen, dass *er* es war, der hier alles unter Kontrolle hatte.

»Hey, du Idiot, wer hat dir erlaubt, hier einfach rumzutelefonieren?«

Vincent legte auf und steckte langsam das Handy wieder ein. Seine Augen begannen sich wie in Zeitlupe zu verengen, seine Nasenflügel vibrierten. Er stemmte die Hände in die Hüften und drehte sich langsam, ganz langsam, zu dem Typen unter ihm. Der langhaarige John Lennon hatte plötzlich eine instinktive Vorahnung, dass er lieber den Mund halten hätte sollen. So als wäre er einer dieser Typen mit den roten Hemden aus Star Trek, deren einzige Überlebenschance es war, die ganze Folge über den Mund zu halten, denn sobald einer von ihnen auch nur ein Wort sagte, würde er auf der Stelle von einem Plastikmonster umgebracht, pulverisiert, gefressen oder zermalmt werden. So hatten die Produzenten damals versucht, die Gagenzahlungen niedrig zu halten.

»Hey, Furzhaufen, ich telefoniere hier, wie es mir passt, kapiert?«

John Lennon blickte kurz um sich. Er war sich nicht sicher, ob man ihn gerade als Furzhaufen beschimpft hatte, er war immerhin der Regieassistent!

»Guck nicht so blöd! Der ganze Dreh hier ist so was von am Arsch und ich verrate dir mal etwas, ich gebe dir die Schuld daran.«

Vincent beugte sich bedrohlich nahe zu Furzhaufen herunter. Der versuchte gerade, etwas Verständliches zu stammeln. Die Worte von Panzerfahrer-Vincent hatten eine derartig treffende Wirkung, dass sich das John-Lennon-Remake unter ihm wirklich schuldig fühlte. Er fühlte sich so wahnsinnig schuldig, dass ihn in diesem Moment nur eines interessierte: nämlich, woran er schuld war. Ja, er war sich nun sicher. Er war schuldig. Der Panzerfahrer hatte es gesagt und es klang so glaubhaft. Mann, war das gut gespielt. Der Typ hatte wirklich Talent.

»Du bist gefeuert!«

John Lennon blinzelte ungläubig. Der Panzerfahrer hatte wieder gesprochen und es klang noch immer unglaublich glaubwürdig. Doch irgendwie schien ihm jetzt zu dämmern, dass der Typ über ihm nicht scherzte, sondern es ernst meinte. Aber irgendwas fühlte sich dabei falsch an. Moment mal! Er war doch Peter Jacksons Assistent und dieser Typ war nur ein Statist, der einen Panzer fahren durfte. Konnte der ihn wirklich feuern? Mann, war das gut gespielt. Aber warum hatte er das Gefühl, dass der Kerl *nicht* versuchte, nur sein Talent zur Schau zu stellen, in der Hoffnung, eine kleine Sprechrolle zu ergattern? Irgendwie schien dies schon zu gut gespielt zu sein. In diesen Worten klang eine so große Zuversicht und Selbstsicherheit, wie nicht einmal Marlon Brando in seinen besten Zeiten sie so glaubhaft hätte spielen können.

Dieser Mann musste Gott sein! Nur Gott konnte ihn mit dieser niederschmetternden Zuversicht feuern, wie es der Panzermann gerade getan hatte.

John Lennon hatte den Drang, sich ehrfürchtig auf den Boden zu werfen und jämmerlich um Gnade zu winseln. Er tat es, aber nur in seiner Vorstellung. Realtechnisch kam ihm dann doch eine verhängnisvolle, menschliche Eigenschaft dazwischen, nämlich der eigene Stolz, der ihm sagte, dass dieser Mann nicht Gott war und dass dieser Mann log, auch wenn er es fantastisch gut tat, aber er log, und weil er log, konnte er John Lennon 2.0 nicht feuern. Immerhin war er Assistent von Peter Jackson. Dem Peter Jackson, der den Oscar gewonnen hatte, der *Herr der Ringe* verfilmt hatte, jene Trilogie, die als unverfilmbar galt. Der Peter Jackson, der *King Kong* wiederbelebt hatte und es sogar geschafft hatte, ihn echt aussehen zu lassen. Ja, er war sein Assistent und dieser Kerl nur ein unwichtiger Statist, dessen Name nicht einmal erwähnt werden würde.

Dieser Typ existierte gar nicht, und so einer wollte ihn feuern? Nein, sicher nicht.

»Hey, Moment mal! Wie kommst du darauf, mich feuern zu können, du Spinner? Ich bin der Assistent des Regisseurs! Wer bist du überhaupt?«

Vincent verzog die Mundwinkel zu einem Grinsen. Er liebte diese dämlichen Grünschnäbel, die keinen blassen Schimmer von der Gewalt der Produktion hatten.

»Ich bin Vincent Torturro, du Pfeife, und du bist gefeuert!«

Der Name seines Gegenübers hatte John Lennon veranlasst, in augenblickliche Starre zu treten und seine Augen so weit aufzureißen, dass, wenn es noch etwas mehr gewesen wäre, sie bestimmt herausgefallen wären.

»T... T... Torturro?!«, stammelte Klein Johnny, der sich nun wirklich wie ein Furzhaufen fühlte.

Der Mann war tatsächlich Gott. Zumindest das, was Gott auf einem Filmset am nächsten kam. Vincent Torturro war quasi die rechte Hand von Tony Brooks. Er war der Desperado der Filmbranche!

Am Set stellte sich ehrfürchtige Stille ein. Auf einmal waren sie alle Rothemden aus Star Trek. Jetzt nur nichts Falsches sagen. Nein, jetzt lieber gar nichts sagen.

Vincent krabbelte von seinem Gefährt herunter.

»Hey, Peter, Drehschluss für heute«, verkündete er in Richtung des Regisseurs, der ebenfalls etwas baff war.

»Macht morgen weiter, ich muss weg. Und schreibt das Drehbuch um, klar? Und gebt dem Typen da eine Sprechrolle.«

Vincent deutete auf den immer noch falsch stehenden Uniformierten.

Am Set wurde geraunt, nur der Cyberkrieger freute sich. Vincent Torturro hatte ein Hobby. Er machte sich einen Heidenspaß daraus, als absolut unwichtiger Statist irgendwo in den Filmproduktionen von Tony Brooks mitzuspielen, denn er hatte immer schon Schauspieler werden wollen, war dann aber etwas Besseres geworden. Gerade eben hatte ihn Bob angerufen und ihm gesagt, dass der Boss, also Tony Brooks, ihn sehen wolle. Vincent war der Mann für schwierige Fälle, zumindest was man in Hollywood darunter verstand. Die branchenübliche Bezeichnung für seine Tätigkeit wäre Skriptagent, aber praktisch gesehen war er viel mehr als das. Er hatte den Auftrag, die unglaublichsten Geschichten für eine Verfilmung ausfindig zu machen. Ja, das war sein Job. Jene Storys zu finden, die unglaublich waren und wie sie nur in Hollywood gemacht wurden. Über dies hinaus gehörte es auch zu seinen Aufgaben, dafür zu sorgen, dass die Konkurrenz eben *nicht* solche Filmstoffe in die Hände bekam, und genau deswegen war er auch gefürchtet. Wussten Sie zum Beispiel, dass *Titanic* ursprünglich ein anderer als James Cameron verfilmen wollte? Nicht? Kommt wahrscheinlich daher, weil dieser Jemand urplötzlich beschlossen hatte, seinen Lebensabend mit einer kleinen Bestechungssumme auf den Bahamas zu verbringen, dank Vincent Torturro. Und weil ihm dafür – und für einige andere Deals – sehr viele dankbar waren, war er nun auf dem Weg zu Tony Brooks, damit dieser ihm wieder etwas dankbarer sein durfte.

Die Villa von Brooks lag irgendwo auf den Hügeln rund um Los Angeles und war aberwitzig groß. Mit Sicherheit nicht die größte Villa in der Gegend, aber sicher die geschmackloseste. Sie war ein äußerst deplatziert wirkendes Bauwerk, das einem orientalischen Palast nachempfunden war, aber irgendwo in der Mitte hatte der Architekt wohl die Konsequenz am Stil verloren, sodass die eine Hälfte des Gebäudes absolut nicht mit der anderen harmonierte. Tony Brooks nannte das entschuldigend moderne Architektur. In Wahrheit hatte der Architekt zur Planungszeit eine sehr schwere Krise. Genauer gesagt, er hatte einen Autounfall, verlor sein Gedächtnis und konnte sich bei Gott nicht mehr erinnern, warum er das Haus von Brooks derart hässlich angefangen hatte. Fachgerecht stellte er es daraufhin noch unpassender fertig.

Vincent schlängelte sich mit seinem roten Camaro die Straße zur Hauseinfahrt hoch. Was für ein herrlicher Tag. Die Sonne strahlte heiß und fettig auf die von Abgasschwaden eingemummte Stadt. Der Geruch von Orangen und Kohlendioxid lag in der Luft und die Gegend sah irgendwie karg aus. Die Bäume wirkten unnatürlich, als ob sie krank wären. Vincent Torturro konnte sich nicht erklären, warum die wenigen baumartigen Gebilde nicht seiner Vorstellung eines Baumes entsprachen. Vermutlich lag es daran, dass die Gegend vor ein paar Monaten durch einen Waldbrand verunstaltet worden war. Wie sich herausstellte – was aber verheimlicht wurde –, hatte eine aus einem Helikopter des Staates Kalifornien geworfene Zigarre den Waldbrand ausgelöst. Der Brand ruinierte eine ganze Wohngegend, was aber relativ wenig Interesse hervorrief, da dort nur zweitklassige Filmstars gewohnt hatten. Gouverneur Schwarzenegger drückte daraufhin sein persönliches Bedauern für die Opfer aus. Brooks hingegen fand das Feuer toll. Endlich war er seine idiotischen Nachbarn los und hatte wieder einmal richtig Luft zum Atmen, auch wenn sie verbrannt roch. Seinem Haus war nämlich absolut nichts passiert. Das lag aber hauptsächlich an der gut vier Meter hohen Betonmauer rund um sein Anwesen. Brooks hatte einige spezielle häusliche Angewohnheiten, die er vor seinen Nachbarn gerne verheimlichte. Und dass er jetzt keine mehr hatte, fand er ganz ausgesprochen wunderbar. Eine seiner Angewohnheiten war es, nackt auf dem Dach den Rasen zu mähen. Allein diese Tätigkeit mutete schon etwas seltsam an. Brooks hatte aber keinen kompletten Dachschaden, wie man jetzt vielleicht glauben würde. Das Dach seines Hauses war wirklich mit Gras überwachsen. Damit wollte er auf den Umwelttrip aufspringen. Nur die Tatsache, dass er es gerne nackt tat, war seltsam. Warum er das machte, wusste niemand, aber es gab Gerüchte, dass er einer komischen Sekte angehörte, die von ihren Mitgliedern verlangte, nur nackt den Rasen zu mähen. Sie nannten sich die Exhibitionistischen Gärtner der Apokalypse.

Es versteht sich, dass sich die Anhängerschaft in Grenzen hielt.

Der rote Camaro bog in die Zufahrt ein. Eine schmale Allee aus Zitronenbäumen führte zum architektonisch verunstalteten Haus des Filmproduzenten. Beim Näherkommen bemerkte Vincent ein seltsames Geräusch. Es klang wie das Rotieren eines Helikopters ... oder wie ein Rasenmäher. Jup! Es war der Rasenmäher, denn da war er auch schon. Brooks wedelte fröhlich mit einem Grünzeugtrimmer auf dem Hausdach herum.

»Hey, Vince! Hier oben!«, rief Brooks beinahe begeistert vom Hausdach, als er Vincent aus dem Camaro steigen sah.

»Ich mach nur noch die letzte Ecke. Ist das nicht ein herrlicher Tag, um den Rasen zu mähen?«

Vincent lugte peinlich berührt zum Hausdach hinauf.

»Ja, ist vermutlich ganz prima, so ganz *frei* ... in der Natur ... oder am Hausdach herumzuhüpfen.«

Brooks atmete demonstrativ tief ein und machte dabei eine Chi-Gong-Geste.

»Komm einfach rein, ich bin gleich unten!«

»Ja, aber zieh dir was über. Hier unten weht ein kühles Lüftchen. Ist *wirklich* frisch hier unten.«

Die große Eingangstür stand eigentlich immer offen. Brooks wollte somit seine Gastfreundschaft demonstrieren. Ansonsten bestand er allerdings auf Selbstbedienung in seinem Haus, was den meisten Besuchern nur recht war.

Vincent holte sich ein Bier aus dem Kühlschrank, um

damit sein aktuellstes Kurzzeitgedächtnis zu trüben. Er wollte nicht unbedingt für den Rest des Tages das Bild eines nackten Mannes beim Rasenmähen auf dem Dach im Kopf haben.

Er leerte die Dose in einem Zug.

»Hey, Vic. Wie geht's, alter Sack?«

Alter Sack! Vincent spuckte den letzten Schluck Bier aus, als er Brooks von der Terrasse hereinwedeln sah. Glücklicherweise hatte sich dieser einen Bademantel übergeworfen, dummerweise aber nicht zugeschnürt, weshalb man eine gute Sicht auf … na ja, man sah eben etwas.

Eine zweite Dose Bier musste her! Und leer. Besser noch eine dritte als Vorsorge.

»Wie waren die Dreharbeiten?«

»Ich glaube, *Angriff der Killerkühe* wird's nicht so ganz bringen«, antwortete Vincent.

Brooks haute auf den Tisch.

»Verdammt. Wieso nicht?«

»Ich glaub', das ist etwas zu abgehoben.«

»Aber es ist ein brandaktuelles Thema! Durch Genmanipulation mutieren alle Rinder zu gefährlichen, fleischfressenden Bestien und löschen die Menschheit aus. Aber vermutlich hast du recht. Der Film hat eine zu kritische Aussage.«

»Vermutlich. Die Leute werden ihn nicht verstehen.« Vincent zog die Augenbrauen hoch.

»Aber das ist jetzt auch egal. Ich hab' den perfekten Film.«

Brooks hüpfte begeistert auf und ab, und mit ihm hüpfte alles unter dem Bademantel Ersichtliche. Vincent sah sich gezwungen, eine weitere Bierdose zu opfern. Verdammt, der Tag war im Sack … äh, im Arsch. *Argh!* Der Tag war nicht mehr gut.

»Und was für ein Film soll das sein?«

»Eine Buchverfilmung. Es handelt sich um einen Weltbestseller, der seit geschlagenen fünf Jahren die Bestsellerlisten anführt. Damit schlagen wir alles, was dieser Bastard von McDuffy macht. Der kann mit seinem neuen Film dann baden gehen, yeah!«

Vincent schielte ungläubig.

»Und um was für ein Buch soll es sich dabei handeln?«

Brooks grinste.

»Ein Restaurantführer.«

»Ein was?«

»Ein Buch, in dem Restaurants auf der ganzen Welt bewertet werden. Ein Restaurantführer eben.«

Vincent griff nach einer weiteren Dose Bier. Mist, keine mehr da.

»Aber ... wie?«

»Ich weiß, was du sagen willst«, fiel ihm Brooks sofort ins Wort, »und ich kann dir sagen, ich habe selbst keinen blassen Schimmer. Ist das nicht fantastisch?«

Vincent hatte Zweifel.

»Wie zur Hölle willst du einen Restaurantführer verfilmen? Das erscheint mir geradezu ... unmöglich?!«

Brooks packte den schon leicht angetrunkenen Skriptagenten an den Schultern und versuchte, ihn durch heftiges Schütteln zu überzeugen.

»Ja, aber wenn es uns gelingt, dann ist das der größte Wurf in der gesamten Filmgeschichte! Niemand hat vor uns jemals so etwas gemacht und wenn wir es machen, kann es auch keiner mehr nach uns tun. Das ist so, als würden wir das erste Mal einen Filmkuss zeigen, oder den ersten Tonfilm machen. Wir würden Geschichte schreiben, indem wir als Erste verfilmen, was eigentlich gar nicht geht.«

Brooks lachte und fand sich genial. Vincent tat das nicht. Er fand ihn verrückt.

»Und du, mein Lieber, wirst für mich herausfinden, wie wir das Ding über die Bühne bringen können.«

Die Welt zu retten wäre einfacher gewesen, dachte sich Vincent bei der Verkündung der biblischen Aufgabe, die ihm bevorstand. Wie zur Hölle sollte das denn gehen? Was stand denn üblicherweise in so einem Restaurantführer? Namen, Adressen und Bewertungen ausgewählter Küchen, mehr eigentlich nicht. Das Ganze wurde eventuell noch durch eine kleine Anekdote des Kritikers aufgefrischt, aber im Großen und Ganzen gab so ein Buch bestimmt keinen Stoff für einen Spielfilm her – und eine Dokumentation über diverse Restaurants war wohl nicht das Ziel.

Aber es half nichts. Der große Meister des Films hatte sich entschlossen, irgendwie einen Film daraus zu machen, und eines wusste Vincent definitiv: Die schrägsten Dinge wurden schon verfilmt. Er dachte da besonders an den Film *Adaption*, der ursprünglich ein Film über Orchideen werden sollte, dann aber die Geschichte des Autors, der diesen Film schrieb, erzählte. Also, egal was, aber irgendetwas würde er schon finden, um diesen Restaurantführer auf die eine oder andere Weise aufs Papier zu bringen – und zwar so, dass man daraus einen hübschen Film machen konnte. Er beschloss, damit anzufangen, sich dieses Buch zunächst einmal zu kaufen, und brauste mit seinem Camaro wieder Richtung Stadt.

Paris, Frankreich – vor 10 Jahren:

Es gab einen Grund, warum Edward Bonn die Franzosen hasste. Nicht nur weil er, als patriotischer Republikaner, es den Franzosen übel nahm, dass diese Amerika im Irakkrieg hängen gelassen hatten – recht hatten sie! –, sondern auch wegen eines sehr einprägsamen Vorfalls im Jahre 1998 in einem Pariser Nobelrestaurant. Edward Bonn – zu dieser Zeit bereits als Restaurantkritiker tätig – hatte sich damals noch voller Elan vorgenommen, der Empfehlung eines alten Freundes zu folgen und in das *La Chirac* einzukehren. Es wird wohl nicht mehr viele Menschen auf der Welt geben, die sich noch an den ruhmreichen Aufstieg des *La Chirac* und dessen beinahe gleichzeitigen Untergang erinnern. Der Fall des römischen Reiches wirkte lächerlich im Vergleich zu der folgenschweren, geschichtlichen Tilgung des *La Chirac*. Wie auch beim Namen des Teufels vermied man es, den Namen dieses Restaurants auszusprechen. Zu grausam, zu schockierend war die tragische Geschichte dieses bescheidenen, aufstrebenden Restaurants im Pariser Nobelviertel *L'Elysée*.

Und schuld daran war Edward Bonn.

Dieser traf sich, wie schon erwähnt, der Empfehlung eines Freundes folgend mit einer damals von ihm verehrten Dame in besagtem Restaurant, dessen Name inzwischen nicht mehr existiert.

Es sollte ein romantischer Abend werden. Ein Abend mit Kerzen, gutem Rotwein, französischem Essen und einem bezahlten Geigenspieler. Im Großen und Ganzen kann man sagen, dass sich der Abend in einer absolutistischen Art und Weise gänzlich anders zutrug als von Edward Bonn mit so viel Sorgfalt geplant.

Der Rotwein, ein köstlicher, wirklich zu empfehlender Vollmünder aus der Provence, sollte den Abend zunächst erfolgreich eröffnen. Die angebetete Dame war entzückt ob der Tatsache, dass der Geiger auch ihr klassisches Lieblingslied von Vivaldi spielte. Bonn war glücklich. Nach einer mehrere Jahre andauernden Pechsträhne, in der er angefangen hatte, seinen Job zu hassen, schien es, als würde ihm endlich wieder etwas gelingen. Er strahlte. Selbst der Rotweinfleck auf seinem weißen Seidenhemd konnte seine Laune zunächst nicht trüben. Doch bis dahin hatte der Abend noch keine fünf Minuten gedauert und insgesamt sollten es auch nur zehn werden.

Der Koch des *La Chirac* war berühmt für seine Hummergerichte. Und so musste das Hauptgericht auch aus Hummer bestehen. Bonn war begeistert und verband seiner Angebeteten die Augen. Sie sollte sich von dem vortrefflichen Geschmack des Lobsters überraschen lassen. Ihr gefiel das Spielchen, sie wusste aber nicht, was ihr serviert werden würde. Hätte sie es gewusst, wäre die ganze Geschichte wohl völlig anders verlaufen.

Die werte Dame war auf Hummer allergisch. Als Edward Bonn ihr liebevoll einen Bissen zartestes, weißestes Fleisch in den Mund schob, quittierte ihr Körper das mit einer augenblicklichen Immunreaktion, was einen furchtbaren, sintflutartigen Brechreiz zur Folge hatte, der ganze fünf Minuten andauern sollte. Wie der Hochdruckstrahl eines Feuerwehrschlauches sprudelte in ekelhafter Weise allerhand Verdautes in flüssiger Form aus ihr hervor und verteilte sich wie Wandbemalung im gesamten Restaurant.

Das Schauspiel war so dermaßen widerlich, dass sich alle anderen Gäste ebenfalls fürchterlich übergeben mussten. So etwas hatte man noch nicht gesehen! Zwei Tische weiter saßen zwei Künstler des Wiener Aktionismus, welche applaudierend aufsprangen. Sie fanden das Vermischen diverser Körpersäfte, unterschiedlicher Konsistenz und Farbe, als künstlerisch äußerst ansprechend. Einer der beiden hatte eine Videokamera bei sich und zeichnete das Spektakel auf, das er später einem Wiener Museum verkaufte, zuvor jedoch einem französischen Fernsehsender, welcher die Bilder in den Hauptnachrichten zeigte, was eine landesweite Erbrechungswelle hervorrief. Um Punkt 20:00 Uhr erbrach sich ganz Frankreich. Wissenschaftler wie Rupert Sheldrake beschrieben dieses Phänomen später als *Morphogenetisches Feld*. 1998 war auch das Jahr der Fußball-WM in Frankreich und am Tag darauf fand das Endspiel zwischen Frankreich und Brasilien statt, das die Heimmannschaft, wider alle Erwartungen, für sich entscheiden konnte, weil Ronaldo, Brasiliens damaliger bester Spieler, noch immer Magenkrämpfe von der vortäglichen Kotzerei hatte, sodass er kaum gerade stehen konnte.

Um den Ruhm Frankreichs zu bewahren, wurde dieser Vorfall komplett aus der Geschichte gelöscht. Alle Aufzeichnungen – bis auf das Video der beiden Wiener Aktionskünstler – wurden zerstört, und mittels einer neuen *Gedankenmanipuliermaschine* wurden alle Erinnerungen an diesen Vorfall weltweit gelöscht. Das ist der Grund, warum sich heute keiner mehr daran erinnert, außer ein paar Wiener Künstlern, die keiner ernst nimmt. Und dem Koch des *La Chirac*.

Die Geschichte des einst so renommierten Restaurants existierte schlichtweg nicht mehr. Jene *Gedankenmanipuliermaschine* wurde glücklicherweise vernichtet, nachdem man erkannte, dass das Auslöschen geschichtlicher Ereignisse in den Köpfen der Menschen ein gewisses Risiko darstellte, nachdem ein paar Verrückte gefordert hatten, die Erinnerungen an Adolf Hitler und den Zweiten Weltkrieg auszulöschen, um die unendlich geschundene Seele der Menschheit zu heilen. Tja, wie gesagt, die restliche Welt erkannte darin ein gewisses Risiko. Folglich wurden nicht nur die Maschine, sondern zuvor auch alle Erinnerungen an diese gelöscht. Edward Bonn erkannte damals etwas, und zwar, dass er das falsche Leben gewählt hatte, weshalb er ab diesem Zeitpunkt nicht nur seinen Job und sich selbst hasste, sondern auch die gesamte Welt, die grausam zu ihm war, und ganz im Speziellen die Franzosen und vor allem jene aus Paris.

Seit damals hatte er auch eine *leichte* Abneigung gegen Hummer.

Doch es gab jemanden, der Edward Bonn noch mehr hasste als dieser die Franzosen und die Welt. Dieser Jemand war der ehemalige Koch des *La Chirac*, ein aberwitzig fetter, ungustiöser, kleiner Franzose.

Aufgrund der geschichtlichen Tilgung wurde auch der sehr positive Eintrag des *La Chirac* im Restaurantführer des Smithsonian World Travel Verlages gelöscht und auch alle Ehrungen und Erinnerungen an jenen, damals noch berühmten, Koch.

Doch historisch gesehen, hatte das *La Chirac* niemals existiert und jener Vorfall in Frankreich ebenfalls nie stattgefunden und entsprang daher nur der kranken, geistig verwirrten Fantasie jenes französischen Küchenchefs, der Jahre später ein kleines, beschissenes Lokal am Ende der Welt in einem völlig unnötigen Örtchen namens Nabuko eröffnete.

NABUKO,
IN EINEM BESCHISSENEN LOKAL:

Edward Bonn hatte beim Anblick des Kochs in der kleinen Taverne von Nabuko lediglich die Erinnerung an ein besonders mieses Mittagsmenü in einem Pariser Schnellrestaurant und eine anschließende Lebensmittelvergiftung. Die Bewertung im Restaurantführer war daraufhin vernichtend ausgefallen und der Koch hatte sein Lokal schließen müssen, weshalb er versucht hatte, Edward Bonn aus Rache mit einer Dampfwalze zu überfahren. Dies hatte sich auf einer Baustelle im Zentrum von Paris zugetragen. Dabei war der Koch in seiner Walze von einer Abrissbirne getroffen worden – die Spuren davon waren heute noch in seinem Gesicht zu sehen –, und er erlitt einen ernsten Gehirnschaden.

Seitdem war er völlig plemplem und glaubte, einst der berühmte Koch des *La Chirac* – welches ja nie außerhalb seiner Fantasie existiert hatte – gewesen zu sein.

Dummerweise sorgt das Schicksal dafür, dass man jeden Menschen zweimal im Leben trifft, was im Falle von Edward Bonn ziemlich blöd war.

Nachdem dieser die Theke geküsst hatte und elegant in Ohnmacht gefallen war, schien der Koch eine erneute Chance für seine Rache zu sehen und kam, sein Küchenmesser bedrohlich haltend, näher. Glücklicherweise funktionierte Bonns Überlebensinstinkt ausgezeichnet und sein Körper ließ ihn, durch einen plötzlichen Adrenalinausstoß, wieder zu sich kommen. Er blickte voller Schreck in den irren Gesichtsausdruck des Kochs, der begann, sein Messer zu heben. Hätte Bonn in diesem Moment Musik gehört, dann wäre es die aus Hitchcocks *Psycho* gewesen, doch er hörte stattdessen eine schrille Frauenstimme, die nicht minder psychopathisch klang.

»Hugo! Böser Hugo!«

In der Tür stand eine kleine alte Frau mit Hornbrille. Der verrückte Hugo mit dem Messer zuckte zusammen und verdrückte sich beschämt in die Küche. Edward Bonn richtete sich auf und putzte Hose und Hemd ab, so als wäre er nur mal kurz ausgerutscht und wolle zeigen, dass ihm nichts passiert war.

»Entschuldigen Sie bitte vielmals. Hugo meint es nicht so, er wollte Sie nur etwas erschrecken. Er hat's ein bisschen schwer gehabt, müssen Sie wissen«, entschuldigte sich die alte Frau. Für Bonn war nun völlig klar, warum hier nie Touristen auftauchten.

»Mein Name ist Mathilda, ich bin die Dorflehrerin hier. Kann ich Ihnen irgendwie behilflich sein?«

Die alte Schachtel reichte Bonn freundlich die Hand. Er schüttelte sie zögerlich. Er fühlte sich definitiv noch wie unter Schock und Berührungen machten ihm Angst.

»Nun, ähm, ja, ähm, ich bin wegen des Lokals hier.«

Mathilda begann zu strahlen.

»Sind Sie etwa ... ein Tourist?«

»Nun, eigentlich ... na ja ...«

»Sind Sie *wirklich* ein Tourist?«

»Äh ... nein.«

Die Frau wirkte enttäuscht.

»Ach, schade. Ich hätte mich so gefreut.«

Sie wirkte plötzlich nicht mehr so fröhlich. Betrübt ließ sie sich auf einen Stuhl fallen, zog ein weißes Taschentuch hervor und wischte sich die feuchten Augen. Bonn wusste gar nicht, was die Frau plötzlich hatte.

»Ach, wissen Sie, mein Mann Eduardo ist einmal Bürgermeister dieser Stadt gewesen. Das war vor 30 Jahren, bevor er so tragisch verstarb«, seufzte Mathilda vor sich hin.

»Damals war Nabuko ein liebes kleines Städtchen. Er hat wirklich viel für uns getan. Doch seither geht hier alles den Bach runter. Zuerst die Klimaänderung. Alles vertrocknete – und dann die Überschwemmungen. Das ganze Dorf wurde fortgespült.«

Die alte Frau fing an zu weinen. Bonn stand etwas hilflos da. Irgendwie begann ihm die Dame leid zu tun. Er fühlte mit ihr und dieselbe Traurigkeit stieg in ihm auf. Wo war er denn bloß gelandet? Was war nur in seinem Leben falsch gelaufen, dass er sich am trostlosesten Ort der Welt wiederfand und beinahe von einem verrückten Koch namens Hugo erstochen wurde? Oh ja, er konnte den Kummer der alten Frau nur zu gut nachempfinden. Auch sein Glück schien bereits vor langer Zeit weggeschwemmt worden zu sein, mit dem unbeugsamen, grausamen Fluss des Lebens. Hinab in den tiefen Wasserfall der seelischen Abgründe. Er war doch genauso armselig wie dieser beschissene Ort hier. Ausgetrocknet und eingestaubt, in Vergessenheit geraten und alleine gelassen. So wie diese alte Frau. Niemanden interessierte es, wo er gerade steckte, keiner machte sich Sorgen um ihn. Bestimmt hatte dieser Fettsack von Dump sogar gelacht, nachdem er ihm die Tickets für Nabuko in die Hand gedrückt hatte. Oh, wie hasste Edward Bonn diesen dämlichen Henry Dump, diesen Obertrottel von der Company. Er war schuld, dass Bonn nun an diesem Ort war. Welche Boshaftigkeit, einem harmlosen Restaurantkritiker, noch dazu dem Besten – für den sich Edward Bonn zweifelsohne hielt –, so einen Auftrag zu geben und ihm nicht einmal zu sagen, was er anziehen sollte. Bonn blickte auf seine roten Lederschuhe. Und nun diese alte Frau. Sie tat ihm ja so leid. Sie war bestimmt schon ihr ganzes Leben lang an diesem Ort gefangen. Wahrscheinlich war dieser Eduardo ihre große Liebe gewesen und seit seinem Tod brachte sie es einfach nicht fertig, diesen Ort, der ihrem Mann offenbar so viel bedeutet hatte, zu verlassen. Es war einfach zum Heulen. Ausgerechnet hier, an diesem Ort der ewigen Finsternis, der absoluten Trübsal, und fernab jeglicher Hoffnung fand er nun einen Menschen, dem er sich emotional absolut verbunden fühlte. Nabuko war sein Schicksalsort und Mathilda seine Schicksalsgöttin.

Ihr Anblick machte ihn so traurig. Ihre Geschichte war so traurig. Er war so traurig. Alles war auf einmal traurig. Er begann zu weinen. Beide weinten sie fürchterlich. Sie weinte, er weinte, Hugo weinte (in der Küche). Ein addierter, erbärmlicher, segensreicher Tränenerguss im Trio.

Und sie weinten und weinten und weinten noch mehr. Zwei Stunden, drei Stunden. Ein Wimmern und Schluchzen, unerträglicher als eine Symphonie von Brahms. Ein trister, melodischer Einheitsbrei, ohne Höhepunkt, nur seelische Abgründe. Ein frustrierendes Häufchen Elend, zwei Menschen, die gerade die tiefe Erkenntnis im Leben miteinander teilten, dass eben dieses bisher scheiße war.

Alles war scheiße. Es war schon immer alles beschissen gewesen, doch jetzt war es ganz besonders scheiße.

Bonn begann zu lachen. Mathilda begann zu lachen. Ja, beide begannen sie plötzlich zu lachen. Sie lachten so herzhaft, wie nur angesoffene Russen zu lachen vermochten. Die unglaublich heilende Wirkung einer ordentlichen Flennerei wusch den ganzen gedanklichen Mist hinweg und Bonn fühlte sich plötzlich wieder frei. Als wären tausend Jahre Regenwetter durch zaghafte, warme Sonnenstrahlen aufgebrochen worden. Beide umarmten sich. Sie fühlten, dass ihnen das Schicksal ein Zeichen gesandt hatte. Für Bonn war Mathilda die alte Frau, die für ihn die Wärme seiner Großmutter ausstrahlte, bei der er nach dem Tod seiner Eltern aufgewachsen war. Aus irgendeinem Grund fühlte er sich plötzlich geborgen und verstanden. Für Mathilda war Bonn der lang ersehnte Mann aus der Fremde, der in ihr Leben wieder einen Sonnenstrahl warf und die krustige Staubschicht von ihrer Seele abbrach, die sich all die Jahre über sie gelegt hatte, wie ein finsterer Mantel des Vergessens. Beide blickten sich kurz lächelnd und befreit an. Edward Bonn stellte sich vor, sie gaben sich erneut die Hand, dann redeten sie. Sie redeten über alles. Über das Leben, darüber, dass es bisher scheiße gewesen war, über Eduardo, über Bonns Großmutter, über Restaurants – über die guten und die schlechten –, über Henry Dump – diesen Fettsack –, sie redeten einfach über alles. Von irgendwo erklang Mendelssohns *Lied ohne Worte*.

Zurück in Los Angeles:

Dass Edward Bonn sein innerstes Seelenleben offenbarte, war einer anderen Person am anderen Ende der Welt herzlich egal. Henry Dump hatte nämlich mit ganz anderen Problemen zu kämpfen. Der Kaffeeautomat war immer noch leer.

Nachdem Lilly Dreamsby verzweifelt versucht hatte, die ominöse Automatenfirma zu erreichen, hatte Dump beschlossen, den Tag für gescheitert zu erklären. Die Folge war, dass er sein Kaffeekränzchen mit Penny zu einem Teekränzchen umgestalten musste. Der Zitronentee schmeckte grauenhaft. Als hätte man einen Beutel Geschmacksverstärker und Farbstoffe mit etwas heißem Wasser vermischt. Er roch auch nicht nur wie Reinigungsmittel mit Zitronenduft, sondern schmeckte auch so. Penny hatte sich trotzdem gefreut. Zumindest dies hatte Dumps Laune kurzzeitig aus dem negativen Bereich gebracht, was ihn aber nicht davon abhielt, die Belegschaft in Stockwerk 11 trotzdem zu terrorisieren, denn schließlich waren sie alle schuldig. Schuldig, ihm den Cappuccino leer getrunken zu haben, diese Säcke. Zurück in seinem Büro im vierzehnten Stock wurde seine Laune tatsächlich noch weiter in den Keller geschubst. Erstens hatte die Putzfrau, diese Idiotin, vergessen, seinen Papierkorb auszuleeren, weshalb er jetzt nicht die Anträge auf Gehaltserhöhung einiger Mitarbeiter entsorgen konnte, was ihn wirklich furchtbar ärgerte. Zweitens hatte ihm einer dieser Idioten aus der Marketingabteilung einen Aktenordner mitten auf den Tisch gelegt – ohne ihn vorher zu fragen. Wenn es etwas gab, das Henry Dump nicht mochte – außer leere Kaffeemaschinen an Donnerstagen –, dann war es Arbeit, nachdem er seinen Kaffee getrunken hatte. Heute gab es ja keinen Cappuccino, weshalb Dump angesichts des Aktenordners gleich doppelt sauer war. Dabei wusste er noch nicht einmal, was drinnen stand. Die Marketingabteilung war im zwölften Stock und aus irgendeinem Grund waren heute alle aus der Abteilung vorzeitig nach Hause gegangen – ja, warum wohl?

Der rote Aktenordner enthielt die neuesten Verkaufszahlen und die neuesten Presseberichte. Grundsätzlich waren rote Aktenordner immer ein schlechtes Zeichen. Grün war gut, auch Gelb ließ Dump noch durchgehen, vorausgesetzt, es war kein grelles Gelb, sondern eher ein orangenähnliches Gelb. Schwarz war ganz besonders gut, gab's aber fast nie. Aber Rot bedeutete meistens etwas Schlechtes. Außerdem hasste Henry Dump diese Farbe.

Voller Groll und schon leicht dampfend öffnete er den Ordner. Auf der ersten Seite war ein schriftliches Statement der Marketingabteilung.

Sehr geehrter, hoch geschätzter,
lieber Mr. Dump,

es tut uns wahnsinnig leid, Ihnen mitteilen zu müssen, dass die neueste Auflage, die hundertfünfunddreißigste, unseres Restaurantführers, welche letzte Woche veröffentlicht wurde, nur mehr auf Platz ZWEI der Bestsellerliste der New York Times ist. Unterwürfig bitten wir Sie für unser Versagen um Verzeihung. Wir können uns diese katastrophale Entwicklung nicht erklären. Auf Anfrage bei der Times erklärte man uns, dass es sich nicht um einen Irrtum handelt, wie wir zuerst dachten. Man sagte, unsere neueste Auflage sei nicht mehr umfassend genug und die Verkaufszahlen seien deshalb stark zurückgegangen.

Hochachtungsvoll
Kevin Sandfort – Leiter der Marketingabteilung

PS: Meine Kündigung ist auf Seite zwei. Ich habe eine Stelle bei Random House bekommen ... Arschloch! ☺

Wie ein Fieberthermometer lief Dump von unten nach oben rot an. Seine Augen quollen bedenklich hervor. Vibrationen bildeten sich auf seinen Wangen. Seine Mundwinkel verzogen sich zu einem Knurren – selbst die Zähne schienen irgendwie spitzer zu werden. Die letzten noch verbliebenen Haare stellten sich auf. Seine Finger bohrten sich vor Zorn in das Blatt Papier und zerfetzten es. Das Maß war voll.

»Dieser IIIIDIIIIOOOOT!!!«

Zwei Blocks weiter krachte ein Taxifahrer, der bei Rot über eine Ampel gefahren war, weil er plötzlich instinktiv gedacht hatte, vor etwas flüchten zu müssen, in einen roten Camaro. Abgelenkt durch das hässliche gelbe Taxi, krachte der schöne rote Camaro in eine elegante schwarze Limousine. Diese rammte einen Linienbus, der wiederum einen LKW mit Gemüse touchierte und ihn sich spektakulär in der Luft überschlagen ließ. Das geladene Grünzeug – es war Kohl – explodierte wie eine Feuerwerksrakete. Zum Glück wurde niemand bei dem Unfall verletzt, bis auf einen alten Mann, der am Straßenrand gesessen hatte und wohl einen Herzinfarkt bekam, als plötzlich so viel und so schnell rund um ihn herum passierte.

Inzwischen hatte sich das Büro von Dump mit Dampf gefüllt, der aus seinen Ohren auszutreten schien.

Dump war zumindest beinahe explodiert. Kevin Sandfort, der Leiter der Marketingabteilung, war auch für die meisten anderen Menschen ein Idiot gewesen. Der Typ hatte so gut wie nichts zustande gebracht. Dump wusste das, aber Sandfort hatte vor Jahren einen Prozess wegen Mobbings am Arbeitsplatz gegen den Verlag gewonnen, woraufhin die Company ihm fünfzigtausend Dollar hatte zahlen müssen. Seither traute sich niemand, ihn zu feuern, weil man befürchtete, er könnte den Verlag erneut verklagen. Das war so eine Sache mit Sandfort. Er war einer von der Sorte Mensch, die alles und jeden sofort verklagten und meistens sogar damit durchkamen. Sandfort hatte schon unzählige Male vor Gericht gewonnen. Es war wie ein Hobby. Angefangen hatte es vor zwanzig Jahren, als er seinen Nachbar wegen eines kleinlichen Grundstückstreites verklagt hatte. Im Herbst wehten die Blätter immer in seinen Garten und das gefiel ihm nicht. Der Nachbar musste Schadenersatz leisten. Weiter ging es mit seiner Scheidung. Obwohl er seiner Frau nicht immer treu gewesen war, drehte er das Ding vor Gericht so geschickt, dass plötzlich die Frau wegen Betrugs in den Knast wanderte. Sandfort heirate zwei Monate später eine 18-jährige Thailänderin, die er einfliegen ließ. Und so ging es immer weiter. Der kurioseste Fall war bestimmt jener, als er einen Autohersteller verklagte, weil er nachweisen konnte, dass der Kilometerstand zurückgedreht worden war. Der Autohersteller argumentierte, dass man nur die Strecke im Teststand zurückgestellt hätte, das wäre so üblich. Sandfort drehte es auch hier so, dass er Recht bekam, und erhielt das Auto gratis.

Aufgrund seiner Begabung, Gerichtsprozesse zu gewinnen, konnte er es sich leisten, in seiner Arbeit eine komplette Flasche zu sein. Dump war zwar vieles, aber nicht unbedingt blöd. Er hatte schon immer gemerkt, dass dieser Sandfort den Verlag komplett heruntergewirtschaftet hatte. Die Ausgaben für die Werbung wurden immer größer, die Einnahmen gingen hingegen zurück. Dies hatte in den Jahren dazu geführt, dass der Smithsonian World

Travel Verlag nur mehr einen Bestseller hatte, und dieser war nun auch auf Platz zwei degradiert worden.

Sandfort hatte es also geschafft, den letzten Trumpf des Verlages zu verspielen.

Das war bitter. Dump musste sich nun etwas einfallen lassen. Er griff zum Hörer und wählte die Vermittlung.

»Vermittlung, David Hutch hier.«

Dump verzog sein Gesicht. Er hatte nicht vergessen, dass Hutch, *Hutchy*, schuld daran war, dass der Cappuccino alle war.

»Sie? Verbinden Sie mich mit Connor McMullin vom Lektorat.«

»Natürlich, Mr. Dump.«

»Ach, noch was. Sie sind Hutchy, oder?«

»Äh, ja?«

»Danke, ich wollte nur ein Missverständnis vermeiden.«

Dump grinste hinterhältig. Kurze Zeit später meldete sich eine dumpfe, männliche Stimme.

»McMullin hier.«

CONNOR MCMULLIN:

Das Büro von McMullin befand sich im Keller des Verlagsgebäudes, und es war das einzige dort unten. Der Grund war, dass der Verlag durch die komplett verschlampte Marketingführung so gut wie keine guten Manuskripte mehr bekam und man in der Folge der Meinung war, das Lektorat auf einen Mitarbeiter reduzieren zu können.

McMullin war ein schräger Typ, und er war auch äußerst alt – was eigentlich das Schrägste an ihm war. Sein Büro befand sich hinter einer alten Stahltür und erweckte eher den Eindruck eine Verhörkammer zu sein als ein Arbeitsraum. Er selbst saß hinter einem schlichten Metallschreibtisch und hielt seine Füße in ein Entspannungsfußbad, das nach Lavendel duftete. Rund um ihn standen Stapel von Papierhaufen. Alles Manuskripte, die irgendwann im Verlag eingegangen waren. Was niemand wusste, es waren einige wirkliche Perlen darunter, die leider nie entdeckt werden würden, weil niemand sie las. McMullin las schon lange keine Manuskripte mehr, weil es niemanden interessierte, also vertrieb er sich die Zeit mit Fußbädern.

Insofern war er ziemlich überrascht, als plötzlich das verstaubte Telefon klingelte.

Ungläubig blickte er auf den Apparat. Tatsächlich, er läutete. Verblüfft hob er ab und tat so, als würde er mit einer Intelligenz von einem anderen Planeten Kontakt aufnehmen.

»McMullin hier.«

»Hier spricht Henry Dump, sind Sie es wirklich?«

»Glauben Sie etwa, der Teufel wohne bereits hier unten? Wer soll ich denn sonst sein, wenn ich mich mit meinem Namen melde, Sie Idiot?«

Dump mochte McMullin, weil dieser so ziemlich dieselben Umgangsformen pflegte wie er selbst. Tatsächlich hatte er sogar ein wenig Respekt vor dem alten Mann.

»Connor, es freut mich, mal wieder Ihre Stimme zu hören.«

»Ja, ja, was wollen Sie?«

»Ähm ... ich brauche ein Manuskript. Ein wirklich gutes, wenn Sie verstehen, was ich meine.«

»Wieso? Was ist passiert? Geht der Verlag pleite, dass ihr Arschlöcher glaubt, endlich wieder mal ein neues Buch herausgeben zu müssen?«

»Na ja, sagen wir so: Es besteht eine gewisse Notwendigkeit, wieder einmal in Erwägung zu ziehen, eine Neuerscheinung ins Auge zu fassen.«

»Ich habe absolut keine Ahnung, was ich da für Sie tun soll, aber ich werde mir was überlegen.«

McMullin legte auf. Es gefiel ihm gar nicht, dass er plötzlich wieder eine Wichtigkeit bekommen hatte. So schön waren all die Jahre des Nichtstuns hier unten gewesen.

Vor allem ärgerte er sich, weil er nun sein Fußbad beenden musste, dabei war es noch so schön heiß. Auf der anderen Seite aber gefiel es ihm, dass dieser Fettsack Dump auf ihn angewiesen war. Er kannte Dump noch von der Zeit, als dieser als Praktikant im Verlag angefangen hatte. Er hatte ihn schon damals nicht ausstehen können. Und im Grunde war ihm schon immer klar gewesen, dass dieser Verlag nur überleben konnte, solange es ihn hier gab, und eines Tages würde man wieder auf ihn zurückkommen müssen. Dieser Tag schien endlich gekommen zu sein.

DIE BUCHHANDLUNG:

Der Camaro war Schrott. Das war beschissen, und Vincent Torturro war sauer. Er betrat, getreu seinem Auftrag, die Buchhandlung und platzte dummerweise genau in die Vorlesung irgendeines bekannten Autors, dessen Name Vincent jedoch gerade nicht einfiel. Buchhandlungen hatten sowieso etwas abscheulich Pseudointellektuelles an sich.

Es gab eine ganz bestimmte Schicht Menschen, die als Kunden in einer Buchhandlung in Frage kam. Anders als beim Film, der als Massenmedium für jeden Trottel geeignet war, musste man bei Büchern zumindest lesen können. Die meisten Menschen in der westlichen Welt können dies zwar, es ist ihnen aber trotzdem zu blöd. Darum sind Comics in Amerika so populär, weil man den Hauch von Intellektualität spürt, aber trotzdem nur kleine, winzige Sprechblasen liest. Immerhin, man *liest*. Die typische Kundenschicht einer Buchhandlung hingegen waren jene Menschen, die sich für gewöhnlich Bilder am liebsten codiert ansehen würden. Hauptsache, da waren irgendwelche Buchstaben und Zahlen, die man *lesen* konnte. Fernsehen und Kino waren für diese Menschen Zeitverschwendung. Sie hielten sich für besonders schlau, besuchten Buchclubs, wo sie ihre aufgestaute Intellektualität ablassen konnten, und hielten sich deshalb für noch schlauer. Die ganz Schlauen, die gingen auf Vorlesungen bekannter Autoren, um sich den Extrakick zu holen.

Vincent Torturro platzte in genau so eine Versammlung hinein. Als wäre es Blasphemie, eine *geöffnete* Buchhandlung während einer Vorlesung zu betreten, blickten sofort alle Pseudointellektuellen zur Tür und deuteten dem ungebetenen Gast, gefälligst leise zu sein. Es wurden auch einige abfällige Bemerkungen getuschelt, schließlich war

offensichtlich, dass Vincent eher der Filmfraktion angehörte, also einer der Nicht-Intelligenten war. Es entstand
sofort eine Spannung gegenseitiger Abneigung im Raum.
Unauffällig und leise watschelte die nette, junge Buchver-
käuferin zur Tür.

»Guten Tag, wir haben gerade eine Lesung, aber kann
ich Ihnen trotzdem helfen?«

Irgendwie hatte Vincent das Gefühl, sich entschuldigen
zu müssen, den Buchladen betreten zu haben.

»Nun, ich suche ein bestimmtes Buch«, antwortete er
im Flüsterton.

»Da sind Sie schon mal richtig bei uns, aber um Ihnen
behilflich zu sein, müssen Sie schon etwas konkreter werden, denn wir haben hier viele Bücher, wie Sie sehen.«

Die Dame sprach mit ihm wie mit einem Kind, was sie
in Vincents Augen äußerst unsympathisch werden ließ,
obwohl sie so dämlich nett lächelte.

»Ich suche einen Restaurantführer, und zwar jenen, der
die New York Times-Bestsellerliste anführt.«

Die Frau starrte Vincent an, als hätte er gerade etwas
äußerst Dummes gesagt, und verschränkte schnippisch
die Hände in der Hüfte.

»Der Restaurantführer, den Sie wahrscheinlich meinen,
ist seit Kurzem nur mehr die Nummer zwei, aber falls Sie
ein anderes Buch meinen, kenne ich es nicht. Zumindest
ist mir kein weiterer Restaurantführer bekannt, der die
New York Times anführt, außer, Sie wissen mehr als ich.«

Als ob es ein Verbrechen wäre, einen abgesetzten Bestseller zu kaufen, deutete die Frau zu einem Regal.

»Dort drüben.«

Vincent bedankte sich. Wenige Minuten später verließ
er das Begräbnis in dem Laden und wanderte zu seinem
Camaro, der immer noch in der eleganten Limousine
parkte. Inzwischen war ein heftiger Streit auf der Straße
ausgebrochen, an dem sich auch die Polizei beteiligte.

Offenbar stand zur Diskussion, wer denn nun den Unfall verursacht hatte. Eigentlich war der Taxifahrer der offensichtliche Verursacher, aber die Polizei vermutete einen Mittäter, weil der Fahrer der Limousine betrunken war und die ganze Zeit behauptete, er sei Michael Knight und man könne ihn nicht verhaften. Das machte die Polizisten dann doch etwas stutzig.

Vincent war das alles egal, er stieg in seinen Camaro, ließ den Motor aufheulen, der nun klang wie ein Presslufthammer, und setzte zurück, wobei er die Fahrertür der Limousine mitriss. Das Ganze verursachte solchen Lärm, dass er die Aufmerksamkeit der Polizei auf sich zog. Doch als die Polizisten den Fahrer erkannten, ließen sie ihn weiterrattern. Vincent war ein bekannter Wohltäter des Los Angeles Police Department. Die meisten Bullen waren gescheiterte Schauspieler, denen er hin und wieder eine Nebenrolle, meistens als Polizist, verschaffte. Über diese Abwechslung freuten sich die Jungs immer ganz besonders.

Aber wie auch immer. Vincent würde jetzt mit seiner neuen Schrottkiste nach Hause fahren und dieses dämliche Buch lesen. Anschließend würde er alles für hoffnungslos halten und sich ein Restaurant aus dem Führer suchen, welches in Los Angeles war, und dort sehr viel Geld ausgeben.

Und so geschah es dann auch. Nachdem er den halben Tag lang versucht hatte, sich vorzustellen, wie aus dem Restaurantführer ein Film werden sollte, war er zur Dämmerung losgezogen und hatte sich einen Burgerladen gesucht, um sich dort reichhaltig und ungesund zu ernähren. Brooks musste ziemlich verzweifelt sein, wenn er eine solche Schnapsidee hatte. Nun, grundsätzlich machte er immer etwas unkonventionelle Filme, aber meistens landete er damit einen Hit. Vincent war sich zumindest sicher, dass er bei seinem Auftrag auch unkonventionell vorgehen musste. Er würde wohl nach einer ganz bestimmten Geschichte suchen müssen. Vielleicht gab es eine einzigartige Episode der Entstehung dieses Buches. Die Redakteure mussten schließlich um die ganze Welt reisen, um alle Restaurants zu finden, da würde doch so einiges Spannendes passieren. Ja, genau. Er durfte es nicht zu wörtlich nehmen, wenn Brooks sagte, er wolle den Restaurantguide verfilmen. Vincent schob sich genüsslich einen Burger in den Mund und dachte dabei an den Film *Adaption*. Dort hatte der Drehbuchautor auch die Autorin des Buches, über welches er ein Drehbuch schreiben sollte, verfolgt, um endlich etwas zu finden, worüber er schreiben konnte. Nur, noch wusste er nicht, wo er anfangen sollte. Der Buchkauf war nun erledigt, aber wie ging es jetzt weiter? Er konnte den Verlag beschatten, oder … oder? Er hatte keine Ahnung. Vielleicht sollte er Brooks einfach sagen, dass es eine blöde Idee war, das Buch zu verfilmen, nur weil es auf einer Bestsellerliste stand. Ja, das würde vermutlich das Beste sein. Als Entschädigung würde er bestimmt einen anderen, richtigen Roman finden. Vincent warf einen Blick auf die Uhr, die ihm anzeigte, dass es schon später war, als er vorgehabt hatte auszubleiben, und beeilte sich mit dem Zahlen. Er trug sich in sein Notizbuch ein, öfters in diesen Laden zu kommen, die Cheeseburger waren ausgezeichnet.

DER SCHLAUE ARTHUR MCDUFFY

Arthur McDuffy war nicht blöd. Nichts in seinem Leben überließ er dem Zufall. Seine langjährige Karriere im Filmgeschäft hatte er stets akribisch geplant. Mittlerweile war er recht alt, ein Urgestein sozusagen, und genoss großen Respekt. Das war nun mal so. Politiker, Schauspieler und Filmproduzenten genossen alle einen guten Ruf, wenn sie nur lange genug überlebten. Auch die Vermählung seiner Schwester mit Henry Dump war von ihm geplant gewesen. Er wollte sich diesen Verlag früher oder später unter den Nagel reißen, denn es war nie schlecht, auch in andere Geschäftsgebiete zu expandieren. Doch das Projekt Henry Dump ging gehörig schief. So ziemlich das Einzige, was schief gegangen war, aber daran war nicht McDuffy schuld, sondern die Natur, die ihm eine verblödete Schwester geschenkt hatte. Das hatte man eben davon, wenn man sich auf die Familie verließ.

Es war auch kein Zufall, dass McDuffy relativ schnell Wind davon bekommen hatte, dass sein Konkurrent Tony Brooks plötzlich plante, den Restaurantführer des Smithsonian World Travel Verlages zu verfilmen. Ausgerechnet der Verlag von Henry Dump.

Und weil McDuffy an keine Zufälle glaubte, vermutete er ein Komplott.

Seine beiden größten Feinde hatten sich gegen ihn verschworen, ab jetzt hieß es auf der Hut zu sein. Es kam ihm zwar ziemlich verrückt vor, den Restaurantführer verfilmen zu wollen, aber eben weil es so verrückt war, musste ein Plan dahinterstecken. Brooks und Dump hatten irgendetwas vor. Aus diesem Grund hatte McDuffy an jenem Abend ein Krisentreffen in seinem Haus einberufen.

Das bescheidene Anwesen befand sich unten am Strand. McDuffy war immer der Meinung gewesen, zwei Möglichkeiten zu haben. Entweder er würde auf den umliegenden Hügeln bauen und dabei Gefahr laufen, von einem Waldbrand – die bekanntlich immer häufiger wurden – abgefackelt zu werden, oder er baute unten am Meer und lief dort Gefahr von einer Flutwelle überrollt zu werden. Die Statistik hatte dann doch für den Strand gesprochen.

McDuffy saß auf der Terrasse und blickte auf die abendliche Meerlandschaft. Im Hintergrund saßen zwei Männer, finstere Gestalten, was vermutlich daher kam, dass sie im Dunklen saßen, und seine Schwester, die blöd dreinschaute und auf den Boden sabberte.

Die beiden dunklen Gestalten waren Harry und Finch, die sich mit dem Lösen von Problemen ihr Geld verdienten. Ihre Namen waren selbstverständlich Decknamen, denn sie waren der Meinung, dass ihr Beruf so gefährlich war, dass sie unbedingt Decknamen brauchten – und Harry und Finch fanden sie ganz besonders passend.

Beide waren blasierte Machos, wie sie im Buche standen. Sie trugen stets die geschmacklosesten Anzüge, die aus einer schlechten *Miami Vice*-Episode stammen konnten, und hatten Sonnenbrillen auf – auch nachts. Sie fanden das besonders cool und meinten, es würde ihnen das gewisse Extra geben. Im Grunde sahen sie aus wie zwei drittklassige Gauner aus einem schlechten 80er-Jahre-Actionfilm mit Bud Spencer und Terence Hill.

McDuffy ruderte in seinem Rollstuhl aufgeregt hin und her. Er war nicht behindert, es machte ihm einfach Spaß, damit durch die Gegend zu fahren.

»Die Sache stinkt doch gewaltig«, protestierte er im Herumfahren.

Finch blickte schuldbewusst drein.

»Sorry, Boss.«

»Doch nicht du, diese Sache meine ich, die mit Brooks und Dump«, fuhr Arthur fort. »Glaubt, was ihr wollt, aber ich sehe das so, dass die mich entweder komplett verarschen wollen oder aber die haben was absolut Geniales vor.«

McDuffy kratzte sich nachdenklich am Kinn, während er im Kreis fuhr.

Harry, er war der Dämlichere der beiden, wurde beim Hinsehen schwindelig und er vermied es erst einmal, seine geistige Verwirrung verbal zum Ausdruck zu bringen.

»Also, wenn Sie mich fragen, Boss, dann muss Brooks ganz schön verzweifelt sein, wenn er vorhat, einen Restaurantführer zu verfilmen. Ich meine, wie soll das denn gehen? Wir reden doch hier von einem Unterhaltungsfilm, vom guten alten Hollywood, von Kitsch, Sex und Explosionen.«

McDuffy winkte ab.

»Nein, nein. Brooks ist leider einer mit Gespür fürs Geschäft. Zugegeben, seine Filme sind nicht immer erstklassig, aber er weiß, was sich verkaufen lässt und was nicht, und um etwas anderes geht es in der Branche nicht. Wenn er jetzt vorhat, dieses Ding durchzuziehen, dann hat er bestimmt einen Plan. Verzweiflung? Wohl kaum, denn sonst würde er sich den erstbesten Autor von der Straße holen und einen Actionstreifen mit Tom Cruise oder sonst wem machen, so was kommt todsicher an. Nein, verzweifelt ist er nicht, eher das Gegenteil. Wenn er glaubt, so ein riskantes Ding durchziehen zu können, dann muss es momentan ziemlich gut laufen für ihn, und das will ich nicht.«

Harry und Finch blickten sich unschlüssig an. Normalerweise wurden sie engagiert, um böse Gerüchte über einen Star in die Welt zu setzen, um dessen Ruf zu schädigen – und dadurch vielleicht die Verkaufszahlen für dessen letzten Film zu ruinieren –, oder sie verbreiteten Raubkopien im Internet, um die Konkurrenz zu schädigen. Jetzt aber hatten sie keinen blassen Schimmer, was McDuffy genau von ihnen wollte. Dieser hatte aufgehört, mit seinem Rollstuhl im Kreis zu fahren, und fuhr nun wieder auf und ab. Streng genommen hatte er auch noch keine Ahnung, was er von Harry und Finch genau verlangen sollte. Die Nachricht, dass Brooks ausgerechnet den Restaurantführer des Smithsonian World Travel Verlages verfilmen wollte – Gott allein wusste, wie er das anstellen würde –, hatte ihn so aus der Bahn geworfen, dass er erstmals ohne konkreten Plan dastand. Und wieder hatte er ein Problem, das im Grunde schon seit Jahren ein und denselben Namen trug: Henry Dump. Er konnte keinesfalls Brooks und schon gar nicht Dump einen Erfolg gönnen, und obgleich der Film bereits im Voraus Richtung Flop geeicht war, konnte er ihnen nicht einmal gönnen, dass sie sich die Dreistigkeit erlaubten, gemeinsam überhaupt etwas auf die Beine zu stellen. Selbst wenn sie dieser Film komplett ruinieren würde – was McDuffy absolut nicht glaubte, er ging nämlich davon aus, dass Brooks einen gehörigen Überschuss haben musste, den er in einem fragwürdigen Film verpulvern konnte –, wäre rein die Tatsache, dass Dump und Brooks es gemeinsam ruiniert hätten, schon Beleidigung genug. Ja, er hasste die beiden so sehr, dass er ihnen nicht einmal gönnte, gemeinsam unterzugehen.

Er stellte sich vor, wie Brooks und Dump, als gescheiterte Existenzen, quickfröhlich über ihn lachten, während er selbst sich noch im Schlamm des Lebens befand. Seine ganzen Bemühungen, andere stets zu übertrumpfen, immer einen Deut besser zu sein als die Konkurrenz und immer einen Dollar mehr zu kassieren als alle anderen, wären auf einmal völlig irrelevant, weil seine beiden schärfsten Konkurrenten – wegen denen es sich überhaupt erst gelohnt hatte, so hart darum zu kämpfen, der Beste zu sein – plötzlich nicht mehr im Ranking waren.

Mein Gott! McDuffy schoss die Erkenntnis ein wie die Atombombe in Hiroshima. Es ging hier um den Sinn seines Lebens! Dump und Brooks durften nicht scheitern, um ihm diesen zu nehmen. Er wäre doch wie ein einsamer Herrscher, wie der letzte Ritter, der alle seine Feinde geschlagen hatte und nun vor lauter Langeweile vor sich hinsiechte. Aber die beiden durften natürlich auch nicht gewinnen, denn dann hätte er ebenfalls verloren.

Er hatte eine Idee. Die einzige Möglichkeit war, sie nicht zu besiegen, sondern ihnen nur eine weitere Niederlage beizufügen. Er würde mit denselben Waffen zurückschlagen wie seine Feinde: mit der Macht der Verwirrung.

Er würde einfach verhindern, dass Brooks diesen Film bekam. Die Lösung war im Grunde simpel. Er würde einfach das Doppelte für die Filmrechte zahlen. Dump, dieser unförmige Fettsack, war die Gier in Person, wenn es um Geld ging. Wenn die Summe stimmte, dann würde er schon einwilligen, und immerhin war Dump nicht das einzige Vorstandsmitglied der Smithsonian Company. Er musste nur die anderen vier bestechen, und zwar heimlich, sodass sich Dump grün und blau ärgern würde, wenn er dahinterkommen sollte, dass er als Einziger leer ausgegangen war. Ein guter Plan war das. Ja, Arthur McDuffy hatte wieder einen Plan, und dieser Plan gab ihm einen Sinn. Dann würde bei der nächsten Oscarverleihung keiner mehr heimlich über ihn tuscheln können: »Schau, da ist McDuffy, der mit der geistesgestörten Schwester, hihi.«

Der Rollstuhl stoppte. Harry und Finch blickten erwartungsvoll zu dem exzentrischen Filmproduzenten, und neben ihnen kicherte die Schwester von McDuffy wie ein Pferd und ließ einen großen Sabberpatzen fallen. Eigentlich hätte es einer dieser lang erwarteten, mit Trommelwirbel dramatisierten Momente werden sollen, in dem McDuffy nun seinen Plan vortragen würde, doch leider wurde die Pointe unglücklicherweise durch peinlich berührtes Schweigen überzogen. Harry verkniff das Gesicht und versuchte, einen drohenden Lachausbruch zu unterdrücken, Finch boxte ihn in die Hüfte.

»Uff! Sorry ... ich wollte ... es ist nur ... es tut mir leid, Mr. McDuffy.«

Harry blickte entschuldigend zum Rollstuhlfahrer, dieser war jedoch kurz davor, diesen Moment und die Welt zu verdammen. Plötzlich brach Harry in schallendes Gelächter aus, fiel köstlich amüsiert zu Boden und zuckte wie ein abgestochenes Schwein vor lauter Lachen.

»*Waaaahahaa!* ... Sorry, Boss, aber ... *waaahaaahaaa*, Ihre Schwester ist wirklich saublöd.«

Zzzpatsch!

McDuffy war der Kragen geplatzt und er hatte Harry in einer eleganten Rollstuhlpirouette einen Tritt in die Fresse verpasst.

Harry war leise und wimmerte.

»Meine Schwester ist nicht blöd, nur weil sie sabbert, kapiert!«, fauchte McDuffy wutentbrannt.

»Sie müssen ihn entschuldigen«, versuchte Finch seinen Kollegen zu verteidigen, »er ist vom humoristischen Niveau her nie aus seinen angeschissenen Windeln herausgekommen ... nicht wahr, Harry?«

Finch blickte streng zu seinem Partner und tätschelte ihm belehrend die Wange.

»Nun, was genau können wir in dieser Sache für Sie tun, Mr. McDuffy?«

Der Filmproduzent begann wie verrückt zu lachen und fuhr wieder im Kreis herum, ehe er auf Finch zuraste und kurz vor dessen erschrockenem Gesicht stoppte.

McDuffy beugte sich dramatisch näher. Auch Finch spürte die aufkommende Spannung und weitete erwartungsvoll die Augen. Nun war er wieder da, jener eindrucksvolle Moment, in dem Arthur McDuffy seinen genialen Plan kundtun würde. Er zögerte noch eine Sekunde, ließ die dramatische Stille noch etwas gewähren und sagte dann:

»Es wird Zeit, dass wir der Smithsonian Company ein Angebot machen, das niemand ausschlagen kann.«

McDuffy grinste von einem Ohr zum anderen. Auch Finch begann zu grinsen und beide stimmten ein hämisches, triumphierendes Lachen an. Harry wollte auch lachen, doch er konnte nur wimmern und krümmte sich immer noch am Boden, diesmal wegen seiner schmerzenden Nase. McDuffy und Finch lachten immer lauter, es war das hinterhältige und gefährliche Lachen zweier Männer, die soeben einen hinterhältigen und gefährlichen Plan ausgebrütet hatten und nun bereit waren, diesen in die Tat umzusetzen. Der Moment hätte beinahe etwas Gewinnendes gehabt, hätte nicht McDuffys Schwester sich veranlasst gefühlt, auch hinterhältig und gefährlich lachen zu müssen, nur eben auf ihre leider sehr behindert wirkende Art und Weise, die diesen Moment wieder in den Keller stürzen ließ.

Finch und McDuffy blickten sich stumm an. Harry lachte wieder.

»*Waahaahaa ... ich sag's ja, die spinnt komplett ... waahaahaahaa.*«

Finch blickte zu Harry, McDuffy blickte zu Harry. *Zzzpatsch! Zzzpatsch!*

Der Fall des Jeff Knightly

Am nächsten Morgen, irgendwo in einem Büro in Hollywood, starrte Inspektor Edward »Woddy« Giggle auf die zwei getrennten Schädelhälften eines nunmehr ehemaligen Agenten. Ein ziemlich schweres Bildnis von Tom Cruise hatte den Mann in zwei Hälften gespalten, und der logisch denkende Giggle rätselte intensiv, wie zur Hölle man nur so peinlich abtreten konnte. Generell von einem Gemälde den Kopf gespalten zu bekommen, fand er schon abartig, aber dass es ausgerechnet ein Abbild von Tom Cruise war, fand er nun wirklich geschmacklos. Dennoch war die Anordnung der Blutlache, der Schädelhälften und des dazugehörigen Körpers irgendwie wahnsinnig witzig. Giggle fand es immer witzig, wie dämlich manche Leichen fallen konnten. Unnötig zu erwähnen, dass er ein ziemlich eigenartiger Mensch war und sein Humor meistens von niemandem geteilt wurde.

»Wir haben es also hier mit einem 65 und einem 73 zu tun, und das während eines A33.«

Die Stimme gehörte zu Lieutenant Bamboo, einem korpulenten Samoaner, der ständig in einer Polizeisprache zu reden pflegte, die man nur aus schlechten TV-Shows kannte. Giggle hasste diesen Typen. Bamboo machte Notizen in ein kleines Büchlein und wirkte sehr geschäftig. Giggle warf ihm einen missachtenden Blick zu.

»Der Typ war also Agent?«, fragte er schließlich nachdenklich, da er aus dem Ganzen nicht weiter schlau wurde.

»Ja, Agent«, antwortete Bamboo.

»Russen?«

»CAA, Inspektor.«

»Verdammt, ich hätte es mir gleich denken können.«

Giggle bekam einen verschwörerischen Gesichtsausdruck und kratzte sich am Bart.

»Immer diese Russen. Der alte Bilderrahmentrick, ist ja einleuchtend.«

»Wovon reden Sie, Sir?«

»Vom Hamburgerfressen wird man also doch nicht schlauer, was? Na, die Russen haben den Typen auf dem Gewissen, vermutlich ein Doppelagent.«

Bamboo blickte verwirrt und notierte dies in sein Buch.

»Vermutlich haben sie einen ihrer Psychoagenten eingesetzt, um das Bild per Telekinese von der Wand krachen zu lassen. Verdammt ausgebufft, die Kerle. Stellt sich nur die Frage, wem sie hier eigentlich den Schädel zertrümmert haben.«

Giggle blickte wieder nachdenklich auf die Anordnung aus Leichenteilen.

»Der Name des Opfers ist, oder war, oder, na ja, eigentlich ist er es ja immer noch, jedenfalls hieß er, oder heißt er, Jeff Knightly«, gab Bamboo zu Protokoll.

»Alle heißen sie Jeff. Typischer Agentenname, wenn Sie mich fragen«, stellte Giggle wissend fest.

»Zuallererst sollten wir allerdings klären, wo mein Kaffee bleibt.« Womit er einen gefährlichen Blick zu einem der herumstehenden Polizisten warf, der sich sofort in Luft auflöste. Zufrieden beugte Giggle sich zu den Schädelhälften hinunter, packte einen Kugelschreiber aus und fing an, damit in der Hirnmasse herumzustochern.

»Hmm, vermutlich hat der Typ gerade telefoniert, jedenfalls weist der abgehängte Telefonhörer darauf hin. In dem Moment muss das Bild aus der Wand gebrochen sein – direkt durch seinen Schädel. Bamboo, stellen Sie fest, mit wem Jeff als Letztes telefoniert hat, und lassen Sie uns hoffen, dass es nicht die Russen waren.«

Zur selben Zeit in einem Filmstudio am Rande der Stadt

Tony Brooks saß in seinem Stuhl und schlürfte lautstark eine Cola. Er durfte das, er war hier der Boss. Die endgültige Leerung der Dose verkündete er mit einem inbrünstigen Rülpsen, woraufhin er sich zufrieden den Bauch streichelte. Um ihn herum herrschte das hektische Chaos eines Filmsets, dessen Sinn nur ein allmächtiger Produzent durchblicken konnte. Genauer gesagt, befand man sich gerade in einem Szenenwechsel zu einer von Brooks' billigeren Produktionen, wie er es nannte. Billig deshalb, weil die Hauptrolle von einer völlig unbekannten, vollbusigen Blondine gespielt wurde.

Brooks beobachtete das Treiben zufrieden und fühlte sich wahnsinnig glücklich in seiner Rolle des Obergroßkopfes, als sein Telefon klingelte.

Es war Vincent Torturro.

»Mhm ... mhm ... mhm ... ja ... ja ... mhm ... alles klar.«

Brooks legte wieder auf und hatte plötzlich schlechte Laune. Vic hatte ihm soeben mitgeteilt, dass er aus sehr zuverlässigen Quellen erfahren hatte, dass McDuffy ein weitaus höheres Angebot für die Filmrechte am Restaurantführer des Smithsonian World Travel Verlages gemacht hatte. Während Brooks' Stimmung zunehmend, an seinem verzerrten Gesichtsausdruck erkennbar, in den Keller sank, machte ein völlig unbedeutender Regieassistent den Fehler, ihn von hinten anzusprechen. So viel sei erwähnt: Der Mann hieß Boby Townset, war Filmstudent und sehr von sich überzeugt.

»Entschuldigen Sie, Mr. Brooks, möchten Sie ...«

»WAAAAAS?«

Brooks war aufgesprungen wie ein Wahnsinniger und

hatte den armen Boby derart angebrüllt, dass es umgehend mucksmäuschenstill war. Jegliche Bewegung schien eingefroren zu sein. Selbst der Typ, der im Hintergrund gerade auf einer Bananenschale ausrutschte, bewegte sich keinen Millimeter und war über diese physikalische Unmöglichkeit zwar sehr überrascht, aber irgendwie auch dankbar.

Brooks strich sich einmal beruhigend über den Bauch und fuhr dann förmlich fort.

»Ja, was kann ich für dich tun, du kleine abartige Pissnelke?«

Boby brachte kein Wort mehr heraus und lief weg. Brooks war das egal. Die Leute von heute waren auch nicht mehr das, was sie einmal waren. Er stand auf und wollte gehen, als ihm plötzlich auffiel, dass sich immer noch niemand und nichts zu bewegen schien. Kurz überlegte Brooks, wie er sich dieses Phänomen erklären konnte, und kam zu dem Schluss, dass es eben seine bestimmende Person sein musste, vor der das Universum gerade mächtig Respekt hatte.

»Weitermachen, Jungs«, sagte Brooks, woraufhin alle erleichtert aufatmeten, der Typ, der gerade ausrutschte, schreiend zu Boden fiel und alles wieder in Bewegung kam.

Brooks freute das. Selbst die Physik musste sich ihm beugen, gut zu wissen. Dennoch hatte er ein Problem. Irgendwie musste er McDuffy zuvorkommen.

Einige Zeit später in einem Büro des Smithsonian World Travel Verlages im vierzehnten Stock

Henry Dump ging bereits seit Stunden nachdenklich auf und ab, was in zweierlei Hinsicht wirklich erstaunlich war. Erstens, dass er sich derart lange bewegen, und zweitens, dabei auch noch denken konnte.

Es war etwas Seltsames passiert, worauf sich Dump vorerst keinen Reim machen konnte. Ausgerechnet er hatte von seinem verhassten und überhaupt schlimmsten Feind, den je ein Mensch zum Feinde gehabt hatte, ein wirklich lukratives Angebot für die Filmrechte am Restaurantführer bekommen. Das beunruhigte Henry Dump im Moment mehr als der leere Kaffeeautomat. Wie zur Hölle kam McDuffy plötzlich auf die Idee, die Filmrechte an einem enorm komplexen Werk für Restaurantkritiken kaufen zu wollen, und noch dazu von ihm, Henry Dump, jenem Menschen, den er mehr hasste als irgendetwas sonst? An der Sache war doch etwas gehörig faul. Unter intensivster Anstrengung dachte Dump weiterhin nach und kaute an seinen Fingernägeln herum wie an einem Maiskolben.

»Dieser alte, perverse Sack von einem Irren führt doch was im Schilde«, brummte er vor sich hin. Dump war sich ziemlich sicher, dass McDuffy ihn ruinieren wollte. Vermutlich steckte dieser sogar hinter der plötzlichen Absetzung vom ersten Platz der Bestsellerliste. Ja, dieses Schwein wollte ihn ruinieren, aber bei seiner verrückten Ex-Frau, das würde Dump nicht zulassen, schließlich war er Henry Dump, der Herr über Leben und Tod, zumindest seiner Verlagsmitarbeiter.

Plötzlich blieb der nervöse Verlagsleiter stehen und

blickte, als habe er eine Vorahnung, zum Telefon. Es herrschte Stille, dann läutete dieses verdammte Ding tatsächlich.

»Henry Dump, wer spricht?«

»Geben Sie mir sofort den Chef!«, schallte es durch den Hörer.

Dump bekam sofort einen Gesichtsausdruck, als wolle er sich auf der Stelle durch die Leitung zu diesem kompletten Schwachkopf durchfressen.

»Sie sprechen mit dem Chef, Sie Penner!«

»Oh, tut mir leid, ist eine Gewohnheit von mir, gleich nach dem Chef zu fragen. Hier spricht Tony Brooks.«

»Aha, wer zur Hölle sind Sie?«

»Tony Brooks! Sagen Sie bloß, Sie haben noch nie von mir gehört?«

»Doch, gerade eben. Also, was wollen Sie?«

»Hören Sie, ich weiß nicht, was er Ihnen geboten hat, aber ich verdopple. Wenn er mehr bietet, verdopple ich wieder, ich verdopple immer und immer wieder, bis diese Mistratte ihren letzten Cent ausgeschissen hat! Haben Sie verstanden?«

Dumps Gehirn schien langsam wie eine Dampflokomotive anzulaufen und eins und eins zusammenzuzählen. McDuffy hatte ihm ein Angebot gemacht und nun hatte er offensichtlich einen Konkurrenten am Rohr, der ihm eins auswischen und ihn überbieten wollte. Dump begann zu grinsen wie der Mann im Mond.

»Okay, ähm ... hören Sie ... Brooks, ich kann das nicht alleine entscheiden. Ich muss mich mit dem Vorstand beraten.«

»Äh, ja, sicher, klar, versteh' ich. Aber, wie gesagt, ich verdopple das Angebot, egal, was der alte Spinner Ihnen bietet, klar?«

»Klar ... hab' ich notiert. Wir melden uns.«

Dump ließ den Hörer auf die Gabel knallen. Er war zwar

ein Arschloch, aber auch ein verdammt guter Geschäftsmann, der einen großen Braten roch. Da hatten doch tatsächlich zwei Fische angebissen und er würde den Preis rauftreiben können. Ein guter Tag begann entweder so oder mit einer Kündigung. Fast hätte Henry Dump vor Freude einen Luftsprung gemacht, dann fiel seinem Körper allerdings ein, dass er weder wusste, wie man springt, noch, was Freude war, also blieb es bei einem fetten, selbstgefälligen Grinsen.

Edward »Woddy« Giggle hatte einen Verdacht, und dieser hatte es in sich. Vermutlich würde es die größte Story werden, die Hollywood und die ganze Welt jemals gesehen hätten. Ja, er war sich sicher, ein Geheimnis aufzudecken, das die Menschheit erschüttern würde. In seiner Hand hielt er ein Blatt Papier, auf dem die Auswertung der Anruflisten von Jeff Knightlys Büro zu lesen war, und bei dem letzten Anrufer, da war sich Giggle so sicher, wie Donuts morgens am besten schmeckten, musste es sich um einen russischen Psychoagenten handeln, der den armen Jeff via Telefonleitung mit dem schweren Bilderrahmen heimtückisch, ja geradezu hinterhältigst, ermordet hatte. Gott, war er gut.

Auf der anderen Seite des Schreibtisches saß Bamboo, kaute an einem schon etwas älteren Stück Cheeseburger und blickte skeptisch zu Giggle.

»Sir, wenn ich mir eine Bemerkung erlauben darf. Um ehrlich zu sein, hatte ich am Tatort schon so eine Ahnung, dass die Sache mit den russischen Psychoagenten womöglich ein falscher Ansatz sein könnte. Sie glauben doch nicht ernsthaft, dass dieser Mann ein russischer Psychoagent ist?«

»Bamby, es ist völlig irrelevant, was ich glaube. Nur die Fakten sind wichtig, und so wie ich das sehe, sind die Beweise mehr als eindeutig.«

Bamboo, dessen Spitzname auf dem Revier tatsächlich Bamby war – warum, wusste er selber nicht – würgte den Burger runter und nahm sich erst einmal Zeit, ehe er dem Inspektor weiter widersprechen wollte.

»Aber Sir, wir reden hier von einem der berühmtesten Männer der Welt, ich meine, wie unwahrscheinlich ist es, dass er ein russischer Agent ist? Ich meine, haben Sie ihn schon einmal sprechen hören? Der Typ hat so was von überhaupt keinen russischen Akzent, dass nicht einmal seine Großmutter in vierter Generation Russin gewesen sein kann.«

Giggle blickte den beleibten Samoaner an. Immer diese verdammten Besserwisser.

»Er muss es gewesen sein. Los, mampfen Sie hier nicht blöd rum, kümmern Sie sich lieber um den Haftbefehl!«

»Sir, ich glaube nicht, dass der Richter die Beweise für ausreichend erachten wird.«

Giggle kratzte sich am Bart.

»Verdammt, damit könnten Sie recht haben. Wir müssen unserem Mann ein Geständnis entlocken. Wird verdammt schwierig werden. Diese Russen sind beinharte Burschen, wenn es um Verhöre geht.«

Bamboo war noch immer skeptisch.

»Also, rufen wir ihn jetzt an und sagen, dass wir vorbeikommen und mit ihm reden wollen?«

»Sind Sie verrückt? Wir können ihn doch nicht vorwarnen, wir wissen nicht, wozu seine psychokinetischen Fähigkeiten imstande sind. Er könnte Ihnen zum Beispiel, während Sie mit ihm telefonieren, das Bild des Polizeichefs in den Rücken jagen. Am besten, wir hängen es gleich ab.«

Giggle stand in einer schnellen, hektischen Bewegung auf, machte einen Satz zur Wand, wo das Bild des Polizeichefs von Los Angeles hing, und warf es in einer schnellen Drehbewegung aus dem Fenster.

»So, dem hätten wir vorgebeugt. Bamboo, holen Sie den Wagen, wir fahren hin und überraschen ihn.«

Bamboo hielt das für keine tolle Idee. Zu seinem Glück, und zum Leidwesen von Inspektor Giggle, war das Unterfangen sowieso erschwert worden, da das Bild des Polizeichefs dummerweise quer durch die Windschutzscheibe von Giggles Wagen gerast war, was dieser nur als Bestätigung seines Verdachtes ansah und noch einmal betonte, wie umsichtig es von ihm gewesen war, es sofort aus dem Fenster zu werfen.

1947, IRGENDWO IN DER WÜSTE:

Es gab einen handfesten Grund, warum Edward Giggle der Mensch wurde, der er später einmal werden sollte. Alles begann 1947 während des Kalten Krieges mit den Russen, als Giggle für den Inlandsgeheimdienst arbeitete. Genauer gesagt, alles begann in einer Kleinstadt irgendwo im Westen, deren Name nicht von Interesse ist.

Ein durchaus seltsames und bemerkenswertes Phänomen hatte sich einige Tage zuvor in der Nähe zugetragen und in Washington war man der Meinung, dass man sich die Sache ruhig mal genauer ansehen konnte, jetzt, wo die ganze Scheiße eh schon passiert war. Also fuhr Giggle in diesen Tagen dort hinaus, um sich in jener Kleinstadt mit einem Typen zu treffen, der meinte, er wisse etwas über die Russen. Im Grunde hatte nur ein besoffener Spinner bei einigen anderen Spinnern in Washington angerufen und wirres Zeug über Russen, Atombomben und Autovergaser dahergequatscht, was den besagten Spinnern in Washington äußerst suspekt vorgekommen war, sodass sie sogleich ihren besten Mann losgeschickt hatten, nämlich Giggle. Mitten im Nirgendwo hatte sein Auto dann einen irreparablen Motorschaden. Giggle hatte natürlich keine Ahnung, was das Problem war, aber es dampfte gewaltig aus der Motorhaube, also entschied er auf Motorschaden und irreparabel. Mitten in der trostlosesten Gegend, die man sich vorstellen konnte, war Giggle nun gestrandet, und er hatte nichts außer seinem Aktenkoffer und seiner Magnum dabei. In sein Notizbuch vermerkte er, dass die Lage beschissen sei, und entschied dann, die letzten vierzig Meilen zur Stadt zu Fuß zu laufen, in der Hoffnung, dass vielleicht doch ein menschliches Wesen die Straße, bestenfalls mit einem fahrbaren Untersatz, entlang kommen würde. Was aber nicht geschah. Dies hatte zur Folge, dass einige Stunden später die braven Bürger jener Kleinstadt durch mehrere Schüsse aus ihrem Mittagsschläfchen gerissen wurden. Einige ältere Bewohner erinnerten sich noch an den letzten Indianerüberfall und verbarrikadierten sich sofort in ihren Häusern. Tatsächlich aber hatte es Giggle unter erheblichem Flüssigkeitsverlust und einem wirklich unschönen Sonnenbrand in die Stadt geschafft und beim Anblick eines Getränkeautomaten sofort in einem instinktiven Überlebensreflex darauf geschossen. In der Folge war der Automat explodiert, und es regnete Cola-Dosen. Aufgrund seines Zustands litt Giggle bereits an Halluzinationen, weshalb die umherfliegenden Dosen zunächst nicht nach dem aussahen, was sie eigentlich waren. Statt Cola-Dosen sah sein Gehirn lediglich den Angriff unbekannter Flugobjekte, was aber nicht weiter schlimm war, da diese offenbar Flüssigkeit enthielten und sich trinken ließen. Einem so abgebrühten Draufgänger wie Giggle war es im Angesicht des nahenden Todes durch Verdursten natürlich komplett egal, diese außerirdische Brühe zu saufen. Er stellte lediglich fest, dass er den Geschmack von irgendwoher kannte.

Pflichtbewusst vernichtete er jedes der außerirdischen Flugobjekte, indem er ihnen den Treibstoff für ihren Hyperantrieb aussoff.

Dann begann es ihm allerdings erst richtig zu dämmern. Als sich die Bewohner nach und nach aus ihren Häusern wagten, nachdem sich herumgesprochen hatte, dass es offenbar doch keine Indianer waren, war für den intensiv ausgebildeten Agenten alles klar. Er saß definitiv in der Falle.

Der Bürgermeister der kleinen Stadt, ein rundlicher, untersetzter, nicht sehr intelligent wirkender Mann in einem schlechten Anzug, kam zielstrebig und in der Absicht, sich ordentlich aufzuregen, auf Giggle zu. Für was auch immer dieser den rundlichen Mann gehalten haben mag, werden wir leider nie erfahren.

»Hey, Sie da? Sind sie irgendwo angerannt? Sehen Sie sich mal den Schlamassel an, den Sie da angerichtet haben. Das ist mindestens ein Schaden von ... na ja, 500 Dollar.«

Giggle, noch nicht fähig, etwas anders als blubbernde Geräusche von sich zu geben, guckte den seltsamen Mann fasziniert an. Vermutlich dachte er an eine Begegnung der dritten Art oder Ähnliches.

»Hey, Morti! Was is' los mit dem Kerl?«, schrie einer der Einheimischen, der sich gelangweilt aus einem Fenster lehnte und das Geschehen Kaugummi kauend beobachtete. Der rundliche Mann, den man hier offenbar Morti nannte, blickte hoch und zuckte mit den Schultern, während Giggle weiterhin blubbernd vor ihm im Sand herumkrabbelte.

»Ich glaub', der Typ hat einen an der Waffel ... scheint mir jedenfalls nicht ganz normal zu sein, was er da macht«, gab der Mann aus dem Fenster weiterhin zu Protokoll.

»Ich glaub', du hast recht, besser, wir rufen mal den Doc.«

»Aye, wird gemacht.«

Der Mann verschwand vom Fenster, ging zu einem Telefon und rief eine Nummer an. Giggle, der alles weiterhin äußerst faszinierend fand, obwohl ihm eine innere Stimme sagte, weiterhin auf der Hut zu sein, bekam das anschließende Eintreffen des Doktors natürlich nicht mit. Für ihn war lediglich ein weiteres UFO gelandet und hatte einen komisch aussehenden Besucher aus einer anderen Welt ausgespuckt.

»Na, was haben wir denn hier ... etwa wieder ein armer Trottel, dessen Hirn die Sonne zu Brei geschmolzen hat?«

Doc Brown war hier in der Gegend eine Legende, was viel damit zu tun hatte, dass er einerseits der einzige Arzt weit und breit war und zudem bei seinen Patienten keinen Unterschied zwischen Menschen und Kühen machte. Brown und Morti beugten sich über den inzwischen im Sand liegenden und dämlich vor sich hin grinsenden Giggle.

»Hmm, sieht nicht gut aus, er hat schon Schaum vor dem Mund«, stellte Morti fest und blickte besorgt zum Doc, der seine Brille sachte hob und seine Augen wie Teleskope auszufahren schien, um sein Opfer einer näheren Betrachtung zu unterziehen.

»Ach, das ist nur Sabber. Wirklich nicht gut ist eher die Farbe seiner Haut. Sieht aus wie Tomate auf Crack.«

Brown hob seinen Kopf, um sich umzublicken, und bemerkte erst jetzt den zerstörten Automaten und die herumliegenden Getränkedosen.

»Sag mal, ist bei euch 'ne verrückte Rinderherde durchgerauscht oder was habt ihr mit dem Automaten angestellt?«

»Das war der Typ da. Ist hier völlig irre angetanzt und hat den Automaten in die Luft gejagt, dann hat er die ganze Cola ausgesoffen.«

»Wie? Der Typ hat den Automaten gesprengt?«

»Ja, hat einfach reingeballert, dann ist das verdammte Ding hochgegangen.«

»Und dann hat er was getan?«

»Na, die Cola-Dosen hat er ausgesoffen. Ist zu jeder einzelnen Dose hingerannt, hat drauf rumgehauen, wirres Zeug geschrien, die Dinger aufgerissen und dann alles ausgesoffen. Ich sag' ja, der Typ ist völlig durchgeknallt.«

»Donnerwetter! Ich muss Pete anrufen.«

Wenig später kam Sheriff Pete mit seinem Wagen angerauscht. Giggle, inzwischen komplett im Delirium, sah nun das Mutterschiff landen.

Pete war ein fetter Cop mit einer Vorliebe für Frauenunterwäsche – was natürlich niemand wusste – und für fette Kanonen. Er hielt mit seinem Pick-up wenige Meter von Morti, Brown und Giggle, der immer noch in der prallen Sonne lag, entfernt an, stieg aus, nahm seinen doppelläufigen Bärentöter – obwohl es in der Gegend weit und breit keine Bären gab, geschweige denn sonst irgendwelche Wildtiere, die man hätte erschießen können –, lud einmal durch und ging dann, das Gewehr geschultert, zum Tatort.

»Na, was haben wir denn hier Schönes?«

»Einen 64 und einen 78 während eines A44«, antwortete ihm Doc Brown.

»Das ist ja ein Ding. Hatten wir, glaube ich, noch nie in der Gegend, oder?«

»Nee, noch nie.«

»Nö.«

Brown und Morti schüttelten kollektiv den Kopf, während Pete in die Hocke ging, sich auf seinen Bärentöter stützte und mit konspirativer Miene das vor ihm liegende Szenario einzuschätzen versuchte.

»Lebt er überhaupt noch?«

Brown, sich über diese Tatsache selbst nicht ganz sicher, beugte sich ebenfalls runter und überprüfte den Puls.

»Na ja, im Moment ja.«

»Gut, dann brauch' ich Danny von der Bestattung nicht anrufen, der arme Kerl ist immer noch komplett gaga wegen der Sache auf dem Stützpunkt vor ein paar Tagen, ihr wisst schon, was ich meine.«

Brown und Morti nickten eifrig die Köpfe.

»Ja, der arme Danny.«

»Armer Danny.«

»Sieht auf jeden Fall nicht gut aus für den Kerl. Wie lange liegt der eigentlich schon da rum?«

Morti blickte auf seine Armbanduhr, wurde daraus offenbar nicht schlau, blickte dann zum Himmel und zuckte mit den Schultern.

»Keine Ahnung, etwa zwei Stunden, würde ich sagen.«

»Hmm.«

Pete war sich nicht ganz schlüssig, wie er die Situation bewerten sollte. Ein 64 bedeutete, dass ein Irrer rumgeballert hatte. Ein 78 hieß, dass ein Getränkeautomat getroffen und vermutlich tödlich verwundet worden war und A44 war einfach das Codewort für einen beschissen heißen Tag. Wie das Ganze hier zusammenpassen sollte, wusste Pete allerdings nicht. Eine derartige Kombination hatte er sowieso für unmöglich gehalten und er war sich sicher, dass die ganze Sache mit den Vorfällen vor ein paar Tagen in der Nähe von Roswell zusammenhing. Es konnte ja kein Zufall sein, dass zuerst ein UFO gefunden wurde und ein paar Tage später ein irrer Typ einen Getränkeautomaten in die Luft jagte.

Um es kurz zu sagen, die Sache gefiel Pete nicht.

»Und, was machen wir jetzt?«

Brown und Morti zuckten wieder kollektiv mit den Schultern.

»Ja, wir wollten nichts unternehmen, ohne dir zuerst Bescheid gegeben zu haben. Man weiß ja nie, in letzter Zeit passieren die seltsamsten Dinge.«

Pete stand auf und schulterte seine zweiläufige Flinte.

»Auf jeden Fall habt ihr mal richtig gehandelt. Ich hab' vom Major gehört, dass sich in der Gegend ein paar Russen rumtreiben sollen.«

»Russen? Wie kommen die denn hierher?«

»Angeblich abgesprungen. Ihr wisst ja, die Typen sind beinhart und überall.«

»Aber was wollen denn die Russen in unserer Gegend?«

»Tja, das ist ja das Seltsame daran. Keiner weiß es, und genau das beunruhigt die Leute von der Army.«

Brown blickte zu Giggle runter und musterte ihn nach Anzeichen, die ihn als Russen entlarvt hätten, fand aber keine.

»Also, wie ein Russe sieht der Typ nicht aus.«

»Tja, die Burschen sind eben verdammt gut. Glaubt ihr, die Leute in Washington würden sonst so einen Wirbel machen, wenn man die so einfach erkennen könnte?«

»Also doch ein Russe?«

Brown, Morti und Pete starrten sich unschlüssig an. Sie hatten sich zweifelnd, aber sicherheitshalber, einstimmig dafür entschieden, dass Giggle ein Russe war. Nun galt es zu beraten, wie man mit ihm verfahren sollte.

»Wir sollten den Major anrufen, sicher ist sicher«, sagte Morti, woraufhin er die Zustimmung der anderen beiden bekam.

Wieder einige Zeit später fuhren ein paar Typen vom Militär in Jeeps vor. Der Major, ein groß gewachsener Mann mit einer dicken Zigarre im Mund, trat vor und stellte sich protzig hin, begutachtete Giggle misstrauisch und kam als Einziger auf die glorreiche Idee, den vermeintlichen Russen nach seiner Brieftasche zu durchsuchen, die er sogleich in einer der Manteltaschen fand.

Darin entdeckte er natürlich Giggles Geheimdienstausweis.

»Einen schönen Russen habt ihr hier. Agent Giggle. Russischer geht's ja nicht.«

Anschließend klärte sich die Sachlage doch relativ schnell und Giggle wurde Gott sei Dank endlich in ein Krankenhaus eingeliefert. Der Bürgermeister der Stadt kam sich ziemlich dämlich vor, und um davon abzulenken, erstattete er Anzeige wegen Beschädigung fremden Eigentums und öffentlicher Ruhestörung.

Giggle hingegen hatte seit diesem Tag einen an der Waffel. Die Spinner in Washington erkannten dies spätestens in dem Moment, als sie seinen Bericht lasen und darin von einer drohenden Alieninvasion die Rede war. Sicherheitshalber wurde Giggle entlassen und zur Polizei entsorgt, wo er seit damals als Inspektor sein Dasein fristete. Die weiteren Jahre verliefen mehr oder weniger ereignislos. Die Cops in Hollywood hatten bei Gott nicht den spannendsten Job. Doch es kam, wie es kommen musste. Irgendwann wurde Giggle dank seiner offensichtlichen Verrücktheit von der Filmbranche entdeckt und bekam mehrere Nebenrollen in einer TV-Serie namens T. J. Hooker, in der er William Shatner doubelte. Leider glaubte er bereits nach kurzer Zeit an eine gewaltige Verschwörung am Set. Angeblich diente die Serie nur dazu, eine geplante Übernahme des L. A. Police Department durch schlechte Filmschauspieler zu verschleiern.

Unnötig zu erwähnen, dass man Giggle feuerte und er seitdem etwas schlecht auf die Filmbranche zu sprechen war, was aber durchaus auf Gegenseitigkeit beruhte.

Das wirklich Seltsame an Giggle war nur – und bis dato hatte ausgerechnet diese Tatsache niemand bemerkt –, dass er seit dem Vorfall in der Kleinstadt nicht gealtert war, was eigentlich anhand seiner mittlerweile furchtbar unmodischen 50er-Jahre-Kleidung offensichtlich auffallen hätte müssen. Hatte sich die Sache damals in der Kleinstadt doch etwas anders zugetragen, als man die Öffentlichkeit wissen lassen wollte? Tja, gute Frage.

WIEDER AM GOTTLOSEN ANDEREN ENDE DER WELT:

Während in Hollywood Giggle und sein Partner Bamboo den Bus nahmen und Tony Brooks nackt einen Baum in seinen Garten pflanzte, hatte Edward Bonn ein einmaliges, mit Worten einfach unmöglich beschreibbares Erlebnis. Jegliche menschliche Ausdrucksform war in ihren intellektuellsten Interpretationen vollkommen unfähig, dem erhabenen Glücksgefühl Ausdruck zu verleihen, das Edward Bonn in Kürze erfahren würde.

In majestätischer Zeitlupe bewegte sich die Gabel, auf der sich ein absolut köstliches Stück eines Nahrungsmittels befand, auf den geöffneten Rachen von Bonn zu, um im nächsten Moment für immer verschlungen zu werden.

Die duftende Kreation aus zartestem Hähnchenfleisch mit einer alles übertreffenden Pfeffer-Trüffelsauce, garniert mit zart mit Käse überbackenem, frischem, knackigem Gemüse, ließ einem die Sinne überkochen. Der Geruch stieg Bonn in die Nase und eine Explosion von Farben und Licht umhüllte ihn plötzlich. Dann traf der köstliche Bissen mit den Geschmacksknospen in seinem Mund zusammen, es knackte knusprig und in diesem Moment glaubte Edward, die Jungfrau Maria zu sehen.

Er schwebte auf Wolke sieben. Das war besser als Kiffen und Sex zugleich. Keine Droge der Welt hätte ihn in einen derart berauschten Zustand versetzen können. Gott, war das gut!

Edward Bonn hatte in seiner langjährigen Tätigkeit als Restaurantkritiker schon einiges gegessen. Vom größten Mist bis hin zu kulinarischen Gaumenfreuden. Doch was er nun in seinen Rachen gestopft hatte und genüsslich kaute, war das mit Abstand köstlichste Gericht, das seine sensiblen Geschmacksnerven jemals probiert hatten. Es glich einem kulinarischen Weltwunder. Bonn hatte das starke Verlangen, dieses Gericht sofort in ein Museum zu stellen, anstatt es aufzuessen und zu riskieren, womöglich nie wieder diese Geschmacksexplosion zu erleben.

Der kulinarische Orgasmus von Bonn wurde mit gespannter Miene von Mathilda und Hugo, die neben ihm saßen, beobachtet. Sie befanden sich in der lächerlichen Taverne von Nabuko. Mathilda hatte darauf bestanden, dass Bonn unbedingt dem Zweck seines Daseins – also dem Grund, warum er nach Nabuko gekommen war, und nicht, weshalb seine materielle Manifestation auf dieser Erde wandelte – nachkommen sollte und unbedingt Hugos Gerichte probieren müsse. Hugo hatte daraufhin freudig gesabbert und Bonn beinahe schreiend zur Flucht verleitet. Die gute alte Frau hatte den Restaurantkritiker dann aber zumindest so weit überzeugen können, dass keine unmittelbare Lebensgefahr bestand. Bonn hatte daraufhin zustimmend genickt und zur Vorsorge ein kleines Regiment an Magentabletten eingeworfen. Diese gehörten selbstverständlich zur absoluten Grundausstattung eines Restaurantkritikers, und kein ernsthafter Vertreter dieser Zunft würde jemals ohne sie auch nur einen Schritt aus dem Haus wagen, denn sie alle wussten, dort draußen lauerten die übelsten, vergammeltsten und ekelhaftesten Nahrungsvarianten, die man sich vorstellen konnte.

Das, was folgte, konnte Edward Bonn nur als positive Überraschung kategorisieren.

Hugo, diese verunstaltete Ausgeburt eines Küchenchefs, hatte tatsächlich ein Meisterwerk geschaffen, was im Grunde nur ein altes Sprichwort von Bonn bestätigte, wonach alle guten Köche fett und hässlich waren.

»Gut, gell?«, fragte Mathilda.

»Gut? Gut wäre in diesem Fall ein beleidigend abwertendes Adjektiv. Es ist nicht gut, es ist nicht mal köstlich oder ausgezeichnet ... es ist schlichtweg ...«

Bonn hob die Hände mit geballten Fäusten gegen den Himmel, seine Augen weiteten sich, als erblickten sie die Gnade Gottes. Ein zarter Lichtschein kam auf ihn herab – wo immer der auch herkam – und erhellte die dreckige Spelunke, diesen Ort des gastfreundlichen Grauens.

»... es ist epochal ... es ist monumental!«, predigte Bonn in prophetischem Tonfall.

Mathilda klatschte begeistert mit ihren kleinen, knuffigen Händen, Hugo sprang seltsam auf und ab und verlor dabei etwas, das aussah wie ... er verlor eben etwas.

Bonn war verwirrt. Er hatte Gerichte schon als angemessen, essbar, zumutbar, bestenfalls mit »angenehm« beurteilt, aber noch nie waren ihm derartige Worte in den Sinn gekommen. Wie war es möglich, nachdem er jedes Nobelrestaurant von Paris bis New York besucht hatte, dass er ausgerechnet in einem kleinen peruanischen Bergdorf seine kulinarische Erfüllung gefunden hatte?

Hugo Chirac:

Lange bevor Hugo einem Restaurantkritiker in einem Kaff irgendwo in Peru eine zum Sterben köstliche Speise zubereiten sollte, wurde er in einem kleinen französischen Dorf im Elsass geboren. Wie die meisten Dinge in Hugos Leben, war auch seine Geburt mehr zufällig als gewollt und die Folgen waren katastrophal. Es war irgendwann in den frühen sechziger Jahren, da bemerkte Valentina Chirac, eine junge französische Zuckerbäckerin, die sich in einen ebenso jungen französischen Koch verliebt hatte, dass sie schwanger war. Neun Monate später, wie das Leben eben so spielt, wurde Hugo – zwischen Hauptgang und Dessert – in der Taverne seines Vaters – zwischen Tarte Flambée und einem Haufen stinkenden Käses – geboren. Die Eigenschaft der Umgebung, in die Hugo so plötzlich und unvorhergesehen hineingeboren wurde, sollte ihn prägen. Der schneidende, fahle Geruch nach alten Socken, welchen ein Sammelsurium an verschiedensten, französischen Weichkäsesorten absonderte, brannte sich sofort in die zarte, noch empfindliche Nase des kleinen Hugo. Angeblich hat er den Geruch noch heute in seinem Riechkolben. Der Umstand seiner Geburt sollte später dazu führen, dass Hugo eine Laufbahn als Koch einschlug und beim großen Luc Bombernac in die Lehre ging.

Zu Bombernac sei gesagt, dass er zu dieser Zeit ein ausgezeichnetes Restaurant in Straßburg betrieb, welches heute noch in den Archiven des Restaurantführers des Smithsonian World Travel Verlages lobende Erwähnung findet.

Dies alles geschah zu einer Zeit, als die Welt für Hugo noch in Ordnung war, beziehungsweise er selbst noch in Ordnung war, bevor diese eine Sache passierte.

Luc Bombernac war eine Legende und erhielt stets die besten Bewertungen für seine Gerichte. Doch eines Tages äußerte sich ein Kritiker, nun ja, eben kritisch, wonach Bombernac nur eine begrenzte Auswahl an Gerichten zubereiten könne und als Koch nicht sonderlich vielseitig sei. Diese Anfeindung wollte der große Koch aus dem Elsass nicht auf sich sitzen lassen und entschied daher, ein Gericht zu kreieren, das jedem Menschen, egal welcher Herkunft und welcher kulinarischen Kultur angehörig, universell schmecken sollte. In jahrelanger Forschungsarbeit versuchte Bombernac, die ideale Zusammensetzung der Zutaten und die idealen Zutaten selbst zu finden, um sein Allerweltsgericht kochen zu können. Hugo hatte die Ehre, als sein Schüler Teil dieses einmaligen Experiments zu sein.

Bombernac steigerte sich so in sein Vorhaben, dass er für nichts sonst mehr Zeit fand. Sein Restaurant wurde geschlossen, weil er sich strikt weigerte, irgendetwas anderes zu kochen, solange er nicht mit seinem Wunderrezept Erfolg gehabt hatte.

Er zog mit Hugo in die Welt hinaus, bereiste alle wichtigen Länder, deren Küche man Genießbarkeit zuschrieb, und auch alle Länder, deren Küche allgemein als Magentöter galt. Die Reise sollte sie vom Fuße des Mount Everest zu entlegenen, unbewohnten Inseln, bis in die peruanischen Anden führen. Viele Jahre waren sie unterwegs und stets war Hugo treu an der Seite seines Lehrmeisters.

Der Name Bombernac geriet inzwischen in Vergessenheit. Längst hatte sich die kulinarische Welt weitergedreht. Neue Spitzenköche hatten die Weltbühne betreten und Kritiker zerrissen sich wie eh und je das Maul über schlechte Restaurants.

Fast hätte der einstige Starkoch seinen Traum vom perfekten Gericht aufgegeben, so lange, mühsam und ergebnislos schien die Suche.

Überall, wo sie hinkamen, untersuchten sie die heimischen Pflanzen, die Tiere und das Wasser. Sie analysierten sogar den Kot einer seltenen Baumkatzenart und fanden darin unverdaute Kaffeebohnen, die sich zu einem köstlich, nussig und würzig schmeckenden Kaffeegebräu verarbeiten ließen. Doch Bombernac erkannte nicht den Wert seiner Entdeckung, weshalb später ein anderer auf die Idee kam, für den Kaffee aus den ausgeschissenen Bohnen sehr viel Geld zu verlangen.

Die Erkenntnisse aus ihren Untersuchungen versuchte Bombernac in die Kreation seiner Gerichte einfließen zu lassen. Immer wenn sie in ein Dorf kamen, kochte er ein Mahl, um zu sehen, ob es den Leuten schmecken würde. Doch die Ergebnisse waren enttäuschend. Befand man im einen Dorf die leckere Speise als köstlich, so war sie für die Bewohner im nächsten Dorf gerade noch essbar und im übernächsten vielleicht schon einen sofortigen Gang zur Toilette wert.

Bombernac verzweifelte immer mehr und war schon kurz davor zu glauben, dass er wirklich ein mieser Koch sei und dass es unmöglich war, eine Speise zu erfinden, die absolut jedem Menschen munden würde, bis er und Hugo in einem kleinen peruanischen Dorf, irgendwo in der Einöde, eine Entdeckung machten, die alles retten würde. So schien es jedenfalls.

Tucuhunanhuatl:

Edward Bonn war verwirrt, und fast wäre ihm ein lecke-
rer Bissen aus dem Maul geplumpst. Verzweifelt hatte
sein Gehirn versucht, das Wort, welches Mathilda soeben
zu ihm gesagt hatte, in eine bekannte Sprache einzuord-
nen, war damit gescheitert und entschied stattdessen,
einen ratlosen Gesichtsausdruck zu generieren und die
Unterkiefermuskulatur zu lockern, was eben beinahe zu
Bonns Nahrungsverlust geführt hätte.

»Tucuhu ... was?

»Tucuhunanhuatl. Kraut.«

Mathilda blickte Bonn mit einem verständnislosen Gesichtsausdruck an, so als könne sie nicht glauben, dass
es einen Menschen gab, der nicht wusste, wovon sie da
sprach.

»Tucu tuc tuc!«, brüllte Hugo fröhlich vor sich hin. Natürlich half dies Bonns Gehirn nicht auf die Sprünge.

»Was zur Hölle soll das sein?«

»Das ist die Geheimzutat für Hugos Speisen. Man kann
es trocknen und wie Pfeffer über das Essen streuen, oder
man legt es in Wasser ein, zermanscht es, bis eine dick-
flüssige, grüne Brühe daraus geworden ist, und verwendet
es als Sirup.«

»Hugo mantsch mach.«

Verblüfft nahm Bonn einen weiteren Bissen. Ja, es war
definitiv ein kleiner, undefinierbarer, durchaus leicht
scharfer Nachgeschmack zu erkennen, den er keinem
bekannten Gewürz zuordnen konnte. Genau dieser zarte
würzige Abgang machte den einmaligen Geschmack aus.

»Das Kraut wächst nur hier in der Gegend und mein
Mann hat es einst entdeckt. Doch er kam nie in den Ge-
nuss, seine Speisen irgendeinen Menschen essen zu lassen. Aber er fand heraus, dass sich in der Pflanze ein sel-

tenes Enzym befindet, das sich den Geschmacksnerven jedes Menschen anpasst. Tucuhunanhuatl schmeckt einfach jedem«, erklärte Mathilda.

Bonn war sprachlos.

Es gab unter Kritikern der guten Küche schon seit Jahrhunderten die Legende eines Gewürzes, welches Speisen so köstlich machen würde, dass einem alle anderen Freuden des Lebens wie blasse Tagträume vorkamen. Viele Entdecker hatten sich einst auf die Suche nach diesem Gewürz gemacht, für das man in Europa das Zehnfache des Gewichts in Gold zahlen würde. Lange Zeit war man der Meinung, dass Eldorado der sagenumwobene Ort sei, wo dieses Gewürz gedeihen würde, und nannte sie deshalb die goldene Stadt. Nicht etwa, weil sie aus Gold bestand, sondern weil der Überfluss an Gewürzen den Entdeckern des späten Mittelalters zu einem wahren Goldregen verholfen hätte. Zu jener Zeit wurden bereits für so einfache, triviale Würzsorten wie Muskat oder Pfeffer Unsummen gezahlt. Die reichen Leute aßen das Zeug sogar löffelweise, um so ihren Status und Reichtum zur Schau zu stellen. Man beging sogar den Frevel und pfefferte Speisen so stark, dass es einem augenblicklich den Magen verdarb. Sich bei Tisch aufgrund zu starker Würze zu übergeben, galt damals nicht als anstößig. Erst als die Preise fielen und sich die breite Masse der Bevölkerung ebenfalls Gewürze leisten konnte, begann der Status würziger Speisen langsam zu schwinden. In der modernen Küche von heute wurde es sogar als biologisch, gesund und vital angesehen, möglichst wenig zu würzen, weshalb alles irgendwie gleich und nach nichts schmeckte.

Doch noch immer war der Gewürzhandel sehr lukrativ, und damals wie heute würde die Entdeckung des »Supergewürzes« wahrhaft utopische Gewinne versprechen.

Bonn war begeistert. Dies war seine Chance, endlich aus dem trostlosen Dasein als Restaurantkritiker auszubrechen und ein unbeschwertes Leben zu führen. Ein Leben ohne Henry Dump und ohne wöchentliche Magenverstimmung. Er würde dieses Tucuhu-Dings verkaufen und ein reicher Mann werden. Dummerweise wusste Bonn noch nichts von der verheerenden Nebenwirkung. Wie bereits erwähnt, auch Hugo war einmal ein völlig normaler Mensch gewesen.

»Zeigt es mir!«

Irgendwie hatte sich Bonn die Sache etwas anders vorgestellt. Als er darauf bestanden hatte, er wolle sehen, wo dieses Gewürz wuchs, hatte er eher an blühende Felder voller exotischer Pflanzen gedacht. Jetzt stand er auf einem kleinen Hügel und blickte auf eine öde, braune, mit Steinen übersäte Landschaft – und außerdem stank es nach Lamas. Nur wenige Menschen wissen, wie Lamas stinken können. Jenen, die es tun, fällt der Geruch nicht mehr weiter auf, denn meistens stinken sie selbst nach Lama. Aber für einen zivilisierten Menschen, der aus der bunten, sterilen Welt der Parfums und vorstädtischer, nach Zitrus riechender Toiletten herausgerissen wird und in eine Welt des Schmutzes, des Staubes und des Drecks versetzt wird, ist ein stinkendes Lama das Allerletzte, was man sich auf Erden wünscht. Der Geruch liegt irgendwo zwischen Klärgrube und Krematorium. Völlig unbegreiflich, wie ein Mensch das aushalten kann, ohne dem Wahnsinn zu verfallen – wobei sich Bonn nach zweistündigem Ritt am Rande der geistigen Zurechnungsfähigkeit befand.

Nachdem sich herausgestellt hatte, dass der seltsame Typ vom Flughafen das einzige Auto weit und breit besaß und Bonn sich weinend und winselnd dagegen gewehrt hatte, jemals wieder in diese braune Rostschüssel zu steigen, hatte Hugo den seltenen, wenn auch wirklich bescheuerten, Einfall mit den Lamas. Tatsächlich gab es in

Nabuko noch andere Menschen, oder eher menschenähnliche Lebewesen. Einer davon war ein Lamabauer, der sich für ein paar Dollarscheine – die er zuerst glaubte, essen zu können – breitschlagen ließ, Bonn, Mathilda und Hugo in die Berge zu bringen, wo dieses Tucuhunanhuatl wuchs.

Jetzt standen sie aufgereiht wie eine Staffelmannschaft auf diesem Hügel und blickten auf die Ebene. Der Lamabauer, der darauf bestand, Crazy Joe genannt zu werden, atmete die nach Lama stinkende Luft tief ein und erfreute sich an dem herrlichen Wetter.

Bonn nahm seine rosarote Sonnenbrille, die er durch einen lustigen Zufall vor seiner Abreise nach Nabuko zusammen mit dem rosa Köfferchen in seinen Besitz gebracht hatte, ab und war entsetzt. Was seine kleinen, eingefallenen Augen erblickten, war ganz gewiss kein Eldorado, sondern einfach eine beschissene Gegend.

DER PLAN DES HENRY DUMP:

Wenn es etwas gab, womit Henry Dump sich nicht abfinden konnte – außer leeren Kaffeeautomaten –, dann war es die Anwesenheit von Arthur McDuffy in seinem Büro. Unter normalen Umständen wäre Dump seinem Erzfeind sofort an die Gurgel gesprungen und hätte ihn mit bloßen Händen erwürgt. Aber die Umstände waren alles andere als normal, und außerdem waren Dump und McDuffy nicht alleine.

Am anderen Ende des großen Konferenztisches hatten, neben McDuffy und seinen beiden Handlangern Harry und Finch, auch Tony Brooks und Vincent Torturro Platz genommen. Am Kopf der Tafel hatte sich Dumps massige Erscheinung breitgemacht. Neben ihm saß der um ein Vielfaches schlankere Connor McMullin und grunzte vor sich hin, weil man ihn aus seinem Keller geholt hatte und ihn nun die Sonne blendete, die durch die Glasfassade hereinschien.

Auf dem Tisch lagen zwei Stapel Papier. Es handelte sich dabei um die komplexe Fülle zweier Filmrechtsverträge, die dem Verlag jeweils von Brooks und McDuffy angeboten wurden.

Brooks kaute launig auf seiner Zigarre herum, während McDuffy eine stinkende Pfeife paffte.

»Na gut, Sie hinterlistiges Schlitzohr«, begann Brooks zu sprechen und richtete sich an seinen Filmkontrahenten, »das haben Sie ja wieder ganz toll hinbekommen. Jetzt sitzen wir hier, können uns auf den Tod nicht ausstehen, und das alles nur, weil Sie hinterlistiger Bastard es nicht lassen können, mir wieder eins auszuwischen.«

McDuffy pustete eine dicke Rauchwolke zu Brooks hinüber, die dieser hustend schlucken musste.

»Hehe, es bereitet mir einfach Freude, Sie scheitern zu

sehen. Sie werden dann immer so putzig ärgerlich, Brooky Boy.«

Wären nicht gut zwei Meter Tisch zwischen ihm und McDuffy gewesen, hätte Brooks zu einem gekonnten Faustschlag ausgeholt.

»Aber, meine Herren, wir sollten uns doch wie zivilisierte Menschen benehmen«, warf McMullin ein, der hoffte, möglichst bald wieder in seinen Keller verschwinden zu können.

»Wir sind hier in Hollywood, zivilisierte Menschen gab es hier noch nie.«

»Schluss damit!«, brüllte plötzlich Dump.

»Mr. Brooks, ich kenne Sie nicht sonderlich gut, aber ich weiß, dass ich Sie nicht leiden kann. Da ich jedoch diese Ratte McDuffy inbrünstig hasse, sind Sie leicht im Vorteil, weshalb ich Ihnen den Zuschlag zu den Filmrechten geben werde.«

Ein fettes Grinsen breitete sich auf Brooks' Gesicht aus, wurde aber abgeschwächt durch die Tatsache, dass McDuffy, wider alle Erwartungen, noch viel mehr grinste.

»Was grinsen Sie so blöd, Sie haben verloren, Sie Penner!«

»Habe ich das?«

»Sie haben den Fettsack doch gehört, die Filmrechte gehören mir, Sie können wieder in Ihr Loch zurückkriechen, wo Sie hergekommen sind.«

McDuffy nahm einen tiefen Zug aus seiner Pfeife und wirkte trotz der offensichtlichen Niederlage alles andere als erschüttert. In Wahrheit war er grundlegend gelassen und sogar erfreut, denn die Lage hatte sich genau so entwickelt, wie er es wollte. Brooks würde eine Unsumme für die Rechte an einem Buch ausgeben. Ein Buch, das mittlerweile kein Bestseller mehr war, ein Buch, das auf dem Abstellgleis stand. In wenigen Monaten würde sich keine Sau mehr dafür interessieren. Indem er ebenfalls

Interesse an den Filmrechten vorspielte, hatte er Brooks und auch Henry Dump in eine Falle gelockt. Moralische Siege waren doch am schönsten. Sobald Brooks erfahren würde, dass der Restaurantführer abgesetzt wurde, würde er den Vertrag platzen lassen. Dump und Brooks konnten sich dann über die Ausfallszahlungen streiten.

»Das habe ich in der Tat. Und ich bin überzeugt, dass Mr. Dump ein Mann ist, der sein Wort hält und sein Recht einfordern wird, nicht wahr, Fetty?«

Dump bekam einen roten Kopf.

»Das wirklich Tolle an Hollywood ist ja, dass man hier die Leute wirklich noch beim Wort nehmen kann. Ein Wort ist ein Wort ist ein Vertrag. Nicht wahr, Brooky Boy?«

»Was zur Hölle faseln Sie da für einen Mist?«, unterbrach Brooks.

»Tja, ich möchte Ihnen nur bewusst machen, wie ausgeprägt das Rechtsverständnis in dieser Stadt ist. Gratulation zum Erwerb eines zweitklassigen Buches, Brooky Boy.«

McDuffy lehnte sich selbstgefällig zurück und grinste hämisch. Harry und Finch fühlten sich ebenfalls bemüßigt, zu grinsen, obwohl sie natürlich nicht verstanden, warum sie das taten.

»Was meinen Sie mit einem zweitklassigen Buch?«, fragte Brooks etwas verwirrt.

Dumps Gesicht schwoll hellrot an.

»McDuffy, Sie Ausgeburt der Hölle, Sie Dünnschiss des Satans!«

»Ich wünsche noch einen schönen Tag, meine Herren«, entgegnete dieser dem stinksauer gewordenen Dump und verließ grinsend mit Harry und Finch den Raum.

»Was meinte er mit zweitklassig?«

Vincent Torturro räusperte sich und flüsterte seinem Boss etwas ins Ohr.

»Was?!«

Lilly Dreamsby war unter Kollegen nicht gerade als Intelligenzbestie bekannt. Genau genommen traf das exakte Gegenteil zu, dennoch hatte Dump sie auserkoren, eine wichtige Mission zu erfüllen. Es ging quasi um alles oder nichts. Um Leben oder Tod. Um Ruhm, Ehre, Scham und Schande. Kurz gesagt, es ging um den Restaurantführer. Erwartungsgemäß hatte Tony Brooks recht schnell das aktive Interesse verloren, als die Katze aus dem Sack war und zu Tage kam, dass das Aushängeschild des Verlages die Bestsellerlisten nicht mehr anführte. In der Tat war das Buch in den letzten Tagen geradezu abgestürzt. Den Grund sahen alle darin, dass der Führer, der sich rühmte, alle Restaurants der Welt bewertet zu haben, keine Aktualität mehr genoss. Verlagsintern hatte man dafür auch einen Schuldigen ausgemacht. Dieser war Edward Bonn, einer ihrer bekanntesten und gleichsam bemitleidenswertesten Kritiker – Henry Dump konnte ihn nicht leiden –, der den Auftrag erhalten hatte, ein bisher unbekanntes Restaurant in Peru zu finden und daraufhin spurlos verschwunden war. Normalerweise hatte jeder Kritiker genau eine Woche Zeit, um seine Bewertung an den Verlag zu senden. So wurde garantiert, dass der Restaurantführer stets auf dem neuesten Stand war. Bonn allerdings war nun seit geschlagenen zwei Wochen untergetaucht.

Nachdem Dump mehrere Stunden lang in seinem Büro getobt hatte, gab er Lilly Dreamsby den Auftrag, zunächst eine neue Inneneinrichtung zu besorgen und dann Edward Bonn zu finden. Die Sache mit der Einrichtung hatte die blonde Südstaatenschönheit ja noch halbwegs im Griff gehabt, doch mit dem Auffinden von Bonn hatte sie so ihre Schwierigkeiten. Zunächst versuchte sie ihn in seiner Wohnung zu erreichen und stellte fest, dass er nicht ans Telefon ging. Dann machte Hutchy sie darauf aufmerksam, dass Bonn gar nicht im Land war. Lilly war kurz verwirrt gewesen und hatte dann begonnen, wahllos

Leute in Mexiko anzurufen, ob ein gewisser Edward Bonn sich bei ihnen aufhalten würde. Hutchy konfrontierte sie daraufhin mit der Tatsache, dass der verschwundene Kritiker eigentlich nach Peru gereist war und nicht nach Mexiko. Dann hatte Lilly Dreamsby endlich den zündenden Einfall. Sie rief die Polizei an und fragte, ob diese wüsste, wo Edward Bonn sei. Das hatte erwartungsgemäß auch zu nichts geführt. Schließlich sah sich Hutchy, der immer noch mit einem fürchterlichen Schnupfen kämpfte, gezwungen, die Sache zu übernehmen. Er verständigte die amerikanische Botschaft in Peru, doch diese gab an, keine Kenntnis davon zu haben, dass sich überhaupt Amerikaner in dieses Land verirren würden. Es half alles nichts. Bonn war mit herkömmlichen Mitteln der Kommunikation nicht zu erreichen, jemand musste ihn suchen. Über die neueste Sachlage informiert, entschied Henry Dump sofort, den einzig zuverlässigen Mann loszuschicken, von dem er glaubte, zuverlässig zu sein. Connor McMullin. Dieser konnte sein Pech kaum fassen und wollte sich zunächst in seinem Keller einmauern, doch eine Barrikade aus schlechten Skripten war der geballten Wucht eines Henry Dump im Anlauf nicht gewachsen. So kam es, dass der arme McMullin eine Stunde später bereits im Flugzeug nach Peru saß.

»Und wenn Sie den Idioten finden, verpassen Sie ihm zuallererst einmal einen geschmeidigen Tritt in seinen verfluchten Arsch!«, hatte Dump ihm noch mit auf den Weg gegeben.

Zum Glück war Connor McMullin mit wesentlich mehr Intellekt gesegnet als Lilly Dreamsby, weshalb es ihm wesentlich weniger Mühe machte, Bonns Wege zu rekonstruieren, auch wenn er aus den gefundenen Fakten wenig schlau wurde.

Vor gut zwei Wochen war Bonn in eine Passagiermaschine der American Airlines Richtung Santiago de Chile gestiegen, beziehungsweise hätte dies eigentlich tun sollen. Wie man ihm mitteilte, war ein Mann namens Edward Bonn allerdings nicht auf dem besagten Flug gewesen. Es stellte sich heraus, dass er aus irgendeinem Grund ins falsche Flugzeug gestiegen war, nämlich in eines nach Hawaii. Seltsamerweise schien er dort aber nie angekommen zu sein, denn die Behörden der kleinen, putzigen Inselgruppe hatten keine Aufzeichnungen darüber, dass Bonn jemals dort gewesen war.

Irgendetwas musste also passiert sein, was eindeutig nicht in das Bild passte.

Es war ein kalter und windiger Nachmittag, der nicht gerade gute Laune aufkommen ließ, als McMullin in Inquitos aus dem Flugzeug trat. Sofort wünschte er sich in seinen Keller zurück, um ein warmes Fußbad nehmen zu können. Obendrein regnete es auch noch. Das wirklich Ungemütliche daran war, dass es ein kalter, alles durchdringender Sprühregen war, der sich einfach nicht entscheiden konnte, aus welcher Richtung er kommen sollte. McMullin erhoffte sich eine Besserung, wenn er erst mal das Flughafengebäude betreten hatte. Zu seiner Enttäuschung musste er allerdings feststellen, dass es dort drinnen ebenso zugig war wie draußen und an manchen Stellen sogar durch das Dach regnete. Verwundert über die Einheimischen, die alle völlig gleichgültig dasaßen, als gäbe es absolut nichts, worüber man sich beklagen könne, erkundigte er sich nach einem Bus oder einem Taxi, das ihn in die Stadt bringen konnte.

Lieber hätte er ja das Taxi genommen, doch der sichtlich betrunkene Zustand des Fahrers und der sichtlich fahruntaugliche Zustand des Wagens machten ihm die Entscheidung leicht. Er nahm den Bus und musste nach wenigen Minuten feststellen, dass er doch lieber das Taxi genommen hätte. Er saß am Fenster und blickte durch eine gesprungene Fensterscheibe nach draußen, in der Hoffnung, sie möge den Fahrstil des Buslenkers überstehen. Neben ihm saß eine Ziege und vor ihm ein Schwein und einige Hühner. Der Bus war voll mit allerhand Getier, welches die wenigen anwesenden Menschen mit sich zu führen pflegten. Dennoch verhielt sich die Ziege sehr höflich und rührte sich kaum. Offenbar war die Fahrt mit einem Bus etwas sehr Spannendes, denn sie wirkte fasziniert und aufgeregt. Zwischendurch unterhielt sie sich mit einem Schaf, welches auf der gegenüberliegenden Sitzbank Platz genommen hatte. Scheinbar kannten sich die beiden gut, vermutlich wohnten sie im selben Stall.

An einer dunklen, verdreckten Straßenecke stieg McMullin aus. Sein Ziel war ein Hotel in der Nähe, wo Edward Bonn abgestiegen war. Es regnete immer noch, diesmal allerdings in Strömen und immer noch aus undefinierbaren Richtungen. McMullin hatte das Gefühl, dass die Wassermassen aus allen erdenklichen Winkeln genau auf ihn herabregneten, als zöge er sie an wie ein Magnet einen Haufen Eisenspäne. Der kleine Schirm, den er vorsorglich auf dem Flughafen einer alten Frau abgekauft hatte, begann sich bereits in Luft aufzulösen. Dennoch klammerte McMullin sich daran fest, in der Hoffnung, doch irgendetwas gegen die Wassermassen bewirken zu können. Es sah ziemlich schrullig aus, sich bei strömendem Regen am Gerippe eines zerfetzten Regenschirms festzuklammern.

Das gesuchte Hotel befand sich auf der anderen Straßenseite und der Verlagsarchivar beeilte sich hinüberzukommen und stolperte dabei in mehrere Schlaglöcher, die knietief mit Wasser gefüllt waren. Beinahe hätte er den Mechanismus der Drehtür, die den Eingang zum Hotel bildete, nicht verstanden und war aus Verwirrung zweimal im Kreis gerannt, ehe er es in die Lobby schaffte.

Ein zarter Hauch von 30er-Jahre-Musik schwebte ihm

entgegen und er spürte plötzlich die wohlige Wärme einer funktionierenden Heizung.

Die kleine Lobby war altmodisch, aber elegant eingerichtet. Eine Sitzbank aus teurem Edelholz und mit einem Lederbezug im viktorianischen Stil stand an der Wand, ein großer orientalischer Teppich überdeckte den rotbraunen, hölzernen Fußboden, der offenbar vor Kurzem frisch poliert worden war. Am anderen Ende stand ein alter Plattenspieler auf einem kleinen Tischchen und erzeugte die Musik, welche McMullin sofort nach seinem Eintreten aufgefallen war. Über all dem hing ein epochaler, mit Dutzenden Lampen gespickter, goldener Kronleuchter.

Trotz der einladenden Einrichtung gefiel McMullin die Tatsache nicht, dass er weit und breit keine Menschenseele erblicken konnte. Inzwischen hatte sich seine nähere Umgebung zu einem kleinen See verwandelt, da seine gesamte Erscheinung pitschnass war. Quietschend und tropfend schlurfte er zur Rezeption und suchte nach einer Klingel, um draufschlagen zu können. Diese fand er auch, doch der erzeugte Ton klang eher nach einem verreckenden Pferd als nach einem Gong. Dennoch schien jemand den Lärm gehört zu haben. Aus einem mit einem Vorhang verhängten Durchgang kam ein kleiner Mann und stellte sich vor McMullin. Offensichtlich handelte es sich um einen Hotelangestellten, wie seine Weste und der Anzug vermuten ließen. Obwohl der Mann um einiges kleiner war als Arthur McMullin, schien es trotzdem, als würde er auf den durchnässten Gast herabblicken.

»Guten Abend. Im Namen unserer Geschäftsführung muss ich Sie darauf hinweisen, dass Sie tropfen, Sir«, begann der Portier zu sprechen.

McMullin ignorierte die Anspielung auf seinen äußerlichen Zustand mit einem dezenten Schulterzucken.

»Guten Abend. Ich benötige ein Zimmer für die Nacht.«

»Das ist gut möglich, Sir, allerdings muss ich darauf hinweisen, dass Ihre Kleidung nicht unserer Hausordnung entspricht.«

»Aha. Haben Sie ein Zimmer frei?«

»Das kann ich nicht sagen. Zunächst bin ich angehalten, Sie darauf aufmerksam zu machen, dass es nicht gestattet ist, mit Badekleidung das Hotel zu betreten, Sir.«

McMullin blickte skeptisch an sich hinunter.

»Das ist keine Badekleidung, Mister, es regnet draußen und ich bin schlicht und einfach nass geworden. Hätten Sie also die Güte, mir ein Zimmer zu geben, damit ich diesen Zustand durch Ablegen der Kleidung beenden kann?!«

»Tut mir leid, die Geschäftsführung ist in diesem Punkt sehr pingelig. Es ist nicht gestattet, so herumzulaufen, wie Sie eben ... ähm ... herumlaufen.«

McMullin zog ein nasses Bündel Dollarscheine aus seiner Tasche und knallte es auf den Tresen. Der Portier richtete einen interessierten Blick darauf, grabschte danach und ließ den ganzen Batzen in seine Tasche wandern.

»Der Herr wünscht, in Dollar zu zahlen? Wir haben ein schönes Zimmer im vierten Stock frei, mit Blick auf die Kathedrale.«

In einer schnellen effektiven Bewegung drehte sich der Mann um, griff nach einem Schlüssel auf der Wand hinter ihm und streckte McMullin diesen freundlich lächelnd entgegen.

»Zimmer 404, Sir. Die Minibar ist bei uns gratis, Sir.«

McMullin bedankte sich und schlurfte zum Lift hinüber.

Das Zimmer stellte sich als ebenso altmodisch wie elegant heraus. Obwohl es einen angenehmen, klinisch reinlichen Lavendelgeruch verströmte und einen knisternden Kamin besaß, merkte McMullin sofort, dass hier etwas nicht ganz in Ordnung war.

Beverly Hills,
oder irgendwo dort:

Edward Giggle wusste nicht mal, wo Peru lag, dementsprechend egal war ihm, was dort zur selben Zeit passierte. Er und sein Partner Bamboo hatten soeben einen unschönen Besuch im Haus eines berühmten Filmschauspielers, um diesen einer Befragung im Fall von Jeff Knightly zu unterziehen. Was, wenig überraschend, nicht zu Giggles erhofftem Ergebnis geführt hatte. Wider sein kriminalistisches Verständnis konnten sie den Schauspieler in keinster Weise mit dem tragisch verstorbenen Talentagenten in Verbindung bringen. Früher, als Giggle noch beim Geheimdienst war, waren diese Art von Ermittlungen wesentlich leichter gewesen, wie er fand. Es war einfach jeder ein Russe, und weitere Argumente brauchte man eigentlich nicht, um jemanden einer Straftat zu überführen. Verdammte Kommunisten.

Nach einem kleinen Zwischenstopp in einem Burgerladen – Bamboo hatte Hunger – kehrten beide ins Hauptquartier zurück. Eigentlich hatte Giggle beschlossen, den restlichen Tag zu ignorieren und sich mit einer großformatigen Tageszeitung hinter seinem Schreibtisch zu verbarrikadieren, wäre ihm da nicht sofort eine kleine, unscheinbare Meldung aufgefallen. Ein bekannter Kritiker des berühmten, aber in letzter Zeit unwichtigen, weil unvollständigen, Restaurantführers des Smithsonian World Travel Verlages wurde angeblich vermisst. Normalerweise hätte Giggle so eine Meldung mit einer gottgleichen Ignoranz überlesen, doch wie so vieles im Leben des exzentrischen Ermittlers war es unerklärlich, dass er die Meldung dennoch las und dabei einen spontanen, völlig aus der Luft gegriffenen Einfall hatte, der sich aus purem Zufall – oder göttlicher Fügung – als richtig erweisen sollte.

Dieser Kritiker war nicht irgendein Kritiker. Zwar war er global gesehen eine völlig unbedeutende Persönlichkeit, aber er war ein Mandant jener Agentur, welcher Jeff Knightly angehörte. Dies alles wusste Giggle in dem Augenblick, in dem er die Zeilen las. Durch seine unerschütterliche Kombinationsgabe und die offensichtliche Verrücktheit, die Giggle zweifelsohne besaß, stellte er blitzschnell eine Verbindung zwischen Knightly und diesem verschwundenen Kritiker her. Obwohl sein ganzes Leben, beginnend mit seiner Geburt, eher einem Zufall als einem Plan glich, glaubte Giggle nicht an Zufälle, sondern an Tatsachen. Und Tatsache war, dass hier offenbar etwas faul war.

Zur selben Zeit führen Harry und Finch in einem silbergrauen DeLorean am Polizeirevier vorbei. Sie hatten einen wichtigen Auftrag und waren unterwegs zum Flughafen. Nichts, was Henry Dump plante, sagte oder gar nur dachte, blieb Arthur McDuffy verborgen. Nicht, dass er Gedanken lesen konnte, aber Henry Dump hatte meistens die Gewohnheit, seine Gedanken laut herauszubrüllen. Jedenfalls hatte McDuffy irgendwie davon Wind bekommen, dass Dump einen Plan ausgeheckt hatte, um den Restaurantführer wieder auf Platz eins zu bringen und damit den Vertrag mit Tony Brooks zu retten. Offenbar hing alles von einem verschollenen Restaurantkritiker ab, der für alles hier sehr wichtig zu sein schien. Warum, wusste McDuffy nicht, aber er wollte es Dump auf keinen Fall gönnen, das Blatt wenden zu können, und ging deshalb auf Nummer sicher. Der verstaubte Bettvorleger Arthur McMullin war in Dumps Auftrag nach Peru geflogen. Weiß der Teufel, was er da unten vorhatte, aber es musste wichtig sein. Harry und Finch sollten der verfluchten Kellerratte, wie

McDuffy den Archivar des Smithsonian Verlages nannte, folgen und verhindern, dass er mit dem Erfolg hatte, weswegen er nach Peru gereist war – was immer das auch sein mochte.

Während Harry und Finch fröhlich vor sich hinfuhren und alberne Witze über McDuffys bescheuerte Schwester machten, bemerkten sie nicht, dass ihnen schon eine ganze Weile ein etwas zerbeulter Camaro auf den Fersen war.

Auch Tony Brooks war ein Mensch, dem nahezu nichts entging, und schon gar nichts, was seinen Erzrivalen Arthur McDuffy anbelangte. Demzufolge hatte er natürlich davon erfahren, dass Harry und Finch aus irgendeinem Grund zum Flughafen wollten, um von dort aus nach Peru zu fliegen. Weiß der Teufel, was sie da unten wollten, aber wenn McDuffy seine zwei Privatidioten nach Peru schickte, wollte Brooks unbedingt wissen, warum. Vincent Torturro sollte den beiden halbstarken Ganoven folgen und vereiteln, was auch immer sie vorhatten.

Für die meisten Amerikaner, Vincent Torturro eingeschlossen, war Peru eine mittlere Kleinstadt irgendwo in Nebraska. Dass damit in erster Linie ein Land in Südamerika gemeint ist, wurde ihm erst bewusst, als er im Flugzeug einige Reihen hinter Harry und Finch saß. Diese hingegen stellten sich erst gar nicht solch komplizierte Fragen. Interessierte ja keine Sau, wo Peru genau war. Besser wäre natürlich gewesen, Harry und Finch hätten sich über ihr Reiseziel etwas besser erkundigt. Selbst wenn es sich um die gleichnamige Kleinstadt in Nebraska gehandelt hätte, wäre ihnen bewusst geworden, dass sie absolut unpassend dafür gekleidet waren. Da es sich jedoch um ein Land in Südamerika handelte, war ihre Kleidung nicht nur unpassend und zynisch, sondern auch auffällig und in allen Maßen lächerlich. Ohne es als einer genaueren Beschreibung wert zu empfinden, kann man generell sagen, dass eine Kleidung, die zwei kalifornische Ganoven aus L. A. normalerweise zu tragen pflegten, absolut unpassend für ein Land wie Peru war. Vincent Torturro hatte sich zumindest dem Stil einer amerikanischen Kleinstadt in Nebraska angepasst ...

Vor etwa zwei Wochen:

Der homosexuelle Kellner des noblen Flughafenrestaurants hatte sich mit einem Mojito auf dem Tablett in Bewegung gesetzt und schwänzelte, mit dem Hintern wackelnd, zu jenem Gast, welcher den Drink vor einer Stunde geordert hatte.

Der Kellner, sein Name war Jessy, konnte sich selbst nicht erklären, wie er eine Bestellung einfach vergessen konnte, noch dazu die seines einzigen Gastes. Jener hagere, unscheinbare Mann am Fenster schien etwas an sich zu haben, das ihn einfach nicht ernstzunehmend aussehen ließ. War es die fast schon aufdringliche Unscheinbarkeit oder sein absolut unautoritärer Tonfall, mit dem er die Bestellung aufgegeben hatte? Jessy wusste es nicht, aber er hatte den Gast schlichtweg vergessen.

»Hier, bitte schön, Ihr Drink.«

»Vielen Dank, dass Sie sich Zeit nehmen konnten, ihn mir zu bringen, ich weiß, Sie haben viel zu tun.«

Normalerweise hätte Jessy diese Antwort als zutiefst sarkastisch aufgefasst und er wollte schon zu einer übertrieben ehrlichen Entschuldigung ansetzen, als ihm auffiel, dass der Gast den unterwürfigen Tonfall offenbar ernst gemeint hatte und es ihm anscheinend wirklich leid tat, einen Drink bestellt und somit Jessys Zeit vergeudet zu haben.

»Keine Ursache«, antwortete der Kellner perplex und entfernte sich verwirrt.

Der hagere Gast nahm den Drink vorsichtig in die Hand, sah sich um, ob ihn jemand beobachtete, nahm dann ganz schnell einen kleinen Schluck, und als ob ihm die ganze Sache peinlich wäre, stellte er das Glas sofort wieder hin. Selbst wenn andere Gäste anwesend gewesen wären, die ihn hätten beobachten können, so wäre er vermutlich durch seine fast schon hysterische Unauffälligkeit von keinem Schwein bemerkt worden. Das Problem war, dass er so übertrieben gewöhnlich aussah, dass er einfach nicht auffiel. Er trug einen etwas abgetragenen hellbraunen Anzug mit Fusseln darauf, einen unmodernen Schlapphut, eine äußerst unspannende Hornbrille, einen ledernen Aktenkoffer, braune Lederschuhe und schwarze Socken, die durch die etwas zu kurz geratene Hose deutlich sichtbar waren. Die runden Knopfaugen des Mannes schienen sich vor der Welt in den tiefen Augenhöhlen verstecken zu wollen, das schüttere Haar wirkte aufgeklebt und die ansonsten sehr dünne Figur des Kerls schien überhaupt nur die Hälfte des Stuhls zu benötigen.

Der Typ wirkte schlichtweg zu uninteressant, um von anderen Lebewesen ernsthaft wahrgenommen zu werden. Dieser Mann trug einen Namen. Er hieß Edward Bonn.

Durch sein bisher absolut unspektakuläres Leben hatte er sich bereits an die Tatsache gewöhnt, dass seine Präsenz offenbar keinerlei kausale Wirkung auf seine Umwelt hatte. Wenn er mit dem Bus fuhr, bemerkte der Fahrer nie, dass er aussteigen wollte. Ging er durch die Straßen, rempelten ihn Leute an, als wäre er eigentlich gar nicht vorhanden. Stand er in einer Warteschlange im Kino, gab es immer jemanden, der sich vor ihn drängte, als wäre da sonst niemand mehr. Und wenn er Frauen hinterher pfiff – was er im Allgemeinen nie tat –, dann blickten diese in die Luft, als hätten sie eine ferne Stimme vernommen. Manchmal kam es vor, dass ein Hund ihn für einen Baum hielt und an sein Bein pinkelte, doch das war schon das Maximum an Aufmerksamkeit, das Edward Bonn sich erhoffen konnte.

Seine übertriebene Unauffälligkeit wurde nur durch die Tatsache aufgewertet, dass Restaurantbesitzer auf der ganzen Welt vor seinem Urteil erzitterten, auch wenn sie ihn nie erkannten, und das war immerhin die Quintessenz eines guten Restaurantkritikers, nämlich als solcher nicht aufzufallen.

Edward Bonn blickte nervös auf die Uhr und schluckte eine Handvoll Tabletten. In wenigen Minuten würde sein Flug gehen. Er griff nach seinem Aktenkoffer und eilte aus dem Restaurant, ohne seinen Drink richtig angerührt zu haben. Dem Kellner fiel glücklicherweise nicht auf, dass Bonn vergessen hatte, zu bezahlen, was immerhin ein Vorteil war. Etwas tapsig, aber zügig schritt er durch die Flughafenhalle und warf alle zehn Sekunden einen Blick auf seine Uhr, als verstünde er nicht, dass sich die Zeiger ständig bewegten. Sein weiterer Weg wäre auch ohne Zwischenfälle verlaufen, wäre ihm da nicht ein plötzlicher Zusammenstoß mit einer Lady dazwischengekommen. Jene Dame fegte in einem unerhörten Tempo an Bonn vorbei, trat gegen seinen Koffer, sodass dieser in hohem Bogen durch die Luft flog und neben einem dicken Mann im Hawaiihemd liegen blieb, der gerade seine Koffer am Check-in abgab. Dieser achtete nicht auf die genaue Zugehörigkeit seiner zahlreichen, unterschiedlichen Gepäckstücke und warf in einer monotonen Bewegung Bonns Aktenkoffer auf das Fließband. Bonn wollte sich soeben bei der forschen Dame beschweren, entschied aber, dass dies nichts bringen würde und blickte dann suchend seinem Koffer hinterher, der soeben hinter einer Wand aus schwarzen Plastiklappen verschwand.

Es war eine dumme Sache, wenn man als Mensch damit gesegnet war, von seiner Umwelt ignoriert zu werden. Besonders dumm war dies in einer Situation, in der man soeben seinen Koffer verloren hatte und irgendjemanden darauf aufmerksam machen musste. Für Edward Bonn war dies eine sehr große Herausforderung.

Er konnte nicht einfach zum Check-in-Schalter gehen und der netten Dame sagen, dass sein Koffer gerade in das falsche Flugzeug verladen wurde, sie würde – wenn sie ihn überhaupt bemerkte – ihm kein Wort glauben. Bonn musste schnell handeln. Normalerweise würde er sich einige Augenblicke besinnen, in sich gehen und überlegen, was die klügste Vorgehensweise sei. Dann würde er sich einen Monolog zurechtlegen, wie er der Dame vom Schalter am besten sein Problem beschrieb, ohne unglaubwürdig oder verrückt zu wirken. Er würde entschlossen einige Schritte auf sie zugehen, dann stehen bleiben und wieder von vorne beginnen. Schließlich würde er sich fragen, ob in dem Koffer überhaupt wichtige Dinge waren, auf die er nicht auch verzichten konnte. Meistens war damit das Problem gelöst. Im Idealfall bekam er sowieso einige Wochen später den zerbeulten Koffer vor die Tür geliefert, mit einer lieblos formulierten Entschuldigung des Flugunternehmens.

Doch diesmal war die Sache etwas anders. Im Koffer befanden sich enorm wertvolle Restaurantkritiken, quasi die Arbeit eines ganzen Monats, darunter mindestens fünf, bei denen er sich den Magen verdorben hatte und auf keinen Fall erneut das bewertete Restaurant aufsuchen wollte. Außerdem liebte er seine spontan formulierten Hassreden auf schlechte Restaurants, er würde wahrscheinlich kein zweites Mal eine so treffende Wortwahl finden. Deshalb musste Bonn etwas unternehmen. Da er zu dem Schluss kam, mit rationalem Verhalten keinen Erfolg erzielen zu können, entscheid sein Gehirn, auf eine völlig irrationale Lösung zu setzen.

Ohne weiter einen Gedanken an mögliche Folgen zu verlieren, stürmte Edward Bonn los. Er boxte sich wild durch eine Gruppe deutscher Touristen, die ihm einige sehr deutsch klingende Schimpfwörter hinterherriefen, sprang über einen vorbeilaufenden Pudel, dessen Besitzer, ein schwuler mexikanischer Geschäftsmann, ihn beinahe mit einer rosa Krokodilledertasche verprügelt hätte. Plötzlich hatte Edward Bonn die Aufmerksamkeit der gesamten Wartehalle, was entweder an seinem seltsamen Laufstil lag oder an der Tatsache, dass er dabei brüllte, als wolle er einen Schützengraben stürmen. Zwei gelangweilte Polizisten blickten erschrocken auf, rissen ihre Sonnenbrillen herunter, als könnten sie nicht glauben, was eben geschah. Sicherheitsleute rannten auf unvermeidlichem Kollisionskurs auf Bonn zu, Leute wichen kreischend aus und warfen sich hysterisch auf den Boden.

Bonn war nur mehr wenige Schritte vom Fließband entfernt, das gerade seinen Koffer verschlungen hatte. Er setzte zum Sprung an, als ein hartes Objekt ihn von der Seite rammte und wie ein Bulldozer niederwalzte.

Eine ganze Footballmannschaft an Sicherheitsleuten hatte sich von allen Seiten auf Bonn gestürzt. In jenem Moment kam der letzte Aufruf für den Flug nach Hawaii.

Ein Mann wie Edward Bonn, mit einer derart zierlichen Körperkonstruktion, wäre vermutlich mit Dutzenden Knochenbrüchen liegen geblieben. Doch eine seltsame, göttliche Fügung wollte es so, dass die auf ihn stürmenden Sicherheitsleute mehr ineinander krachten, als tatsächlich Bonn zu erwischen, weshalb es ihm möglich war, sich aus dem Menschenberg herauszuwinden. Mit letzter Kraft machte er einen Satz auf das Förderband. Kurz darauf verschwand Edward Bonn hinter den schwarzen Plastiklappen.

Als Restaurantkritiker war er natürlich viel auf Reisen, und schon immer hatte er sich gefragt, wohin die Koffer auf dem Flughafen wohl verschwanden. Jedes Mal, wenn er an einem Schalter stand, sein Gepäck auf das Förderband legte und zusah, wie es kurz darauf hinter einem dieser ominösen schwarzen Gummivorhänge verschwand, malte er sich insgeheim aus, dass sein Koffer dort in ein komplexes, hoch effizientes Verteilungssystem wanderte. Er stellte sich vor, wie Dutzende Förderbänder übereinander, nebeneinander und durcheinander verliefen und Tausende Koffer der verschiedensten Art und aus aller Herren Länder, präzise von einer unsichtbaren Intelligenz gesteuert, zu den richtigen Flugzeugen transportierten. Dort würde ein Arbeiter warten, die Koffer vorsichtig in einen Wagen schichten, damit zur Ladebucht eines Flugzeuges fahren und das Gepäck gut verstaut und gesichert im Bauch des Fliegers verschwinden lassen.

So ein ähnliches Szenario erwartete er auch in dem Moment, als er durch den Gummivorhang gezogen wurde, nur um wenig später völlig enttäuscht zu werden.

Statt geordneter Bahnen Dutzender Förderbänder fand er sich in einer Gepäckmühle wieder, die wie eine Mülldeponie wirkte. Es stank nach Wäsche und ein stickiger Dampf lag in der Luft. Die Halle war etwa so groß wie ein Fußballfeld und über und über mit Koffern, Taschen und was die Leute sonst noch so alles abgaben vollgeräumt.

Edward Bonn brauchte ein paar Sekunden, um das Bild, das sich ihm bot, zu verarbeiten, als sein Blick wieder auf seinen Koffer fiel, der einige Meter vor ihm lag. Bonn rappelte sich auf, kämpfte sich kriechend durch mehrere Taschen vorwärts und wollte gerade die Hand nach dem Griff ausstrecken, als er merkte, dass etwas nicht stimmte. Er blickte nach unten und sah mit Entsetzen, dass das Förderband hier endete. Als könne er den drohenden Fall damit verhindern, kniff Bonn die Augen zusammen und kullerte anschließend mit einer Lawine aus diversen Gepäckstücken eine steile Rutschbahn hinunter. Es ging ein ganzes Stück abwärts. Am Ende der Gepäckrutsche befand sich ein großer Container. In diesen plumpste Bonn samt den ihm folgenden Gepäckstücken und wurde regelrecht darunter begraben.

Eine kurze Zeit war er verwirrt, weil alles schwarz war. Zwei Dinge gingen Edward Bonn durch den Kopf. Erstens war ihm eingefallen, dass er zu Hause vergessen hatte, die

Kaffeemaschine auszuschalten, und zweitens bemerkte er lakonisch, dass Schwarz im Zusammenhang mit seiner Situation eine sehr beunruhigende Farbe war. Dann drang ein kleiner Lichtstrahl durch die Dunkelheit und Bonn stellte beruhigt fest, dass er offenbar nur unter einer Tonne Koffer begraben war, aber sonst alles seine gewohnte Ordnung zu haben schien. Mit großer Mühe versuchte er, dem Ursprung des Lichtes entgegen zu kriechen, als ein plötzlicher Ruck die Gesamtheit aus Koffern, Taschen, Säcken, Haustieren und Bonn erfasste, was darauf hindeutete, dass der Wagen, in den diese Gesamtheit geplumpst war, sich in Bewegung gesetzt hatte. Mit wachsender Panik stellte Bonn fest, dass das Gefährt offenbar schneller seinem Ziel entgegenkam als er dem seinen. Wild mit den Armen schlagend, buddelte er sich aus dem Haufen frei und konnte schließlich beide Hände und seinen Kopf aus der Masse stecken.

Was er sah, gefiel ihm ganz und gar nicht. Der Wagen ging in eine vertikale Bewegung über und ein stahlgrauer Schlund bewegte sich bedrohlich auf Bonn zu.

Nur wenige Meter entfernt stand ein Arbeiter – sein Name war Bob – und bediente den Stapler, mit dem er den Container voll Gepäck in die Laderampe einer großen Boeing 747 schob. Er dachte sich dabei, was heute für ein schöner Tag sei und wie unbequem es wohl sein musste, unter all diesen Koffern zu liegen. Aber Bob war ein sehr einfach gestrickter Mensch, der große Freude daran hatte, jeden Tag zwei Hebel bedienen zu müssen, um Gepäckscontainer rauf und runter zu hieven. Außerdem kam ihm der Gedanke, unter all diesen Koffern begraben zu sein, sehr abstrakt und unrealistisch vor.

Dass die Wahrnehmungen der Realität oft beinhart auseinanderklafften, hätte ihm Edward Bonn in diesem Moment sehr gerne klargemacht, wäre er nicht gerade dabei, unter einem Haufen Gepäck begraben in ein Flugzeug verladen zu werden.

Bonn mochte diese Form der Realität nicht. Lieber würde er jetzt in seinem Schaukelstuhl zu Hause sitzen, vor dem Kamin gemütlich eine Tasse Tee mit Milch trinken und dazu ein Klavierstück von Beethoven hören. Leider war Bonn der Ansicht, dass momentan eine gute Chance bestand, dies nie wieder tun zu können.

Er erinnerte sich, einmal gelesen zu haben, dass es in Frachträumen von Flugzeugen ziemlich kalt werden konnte, da diese nicht beheizt waren. Es sollen sich sogar schon einige blinde Passagiere dorthin verirrt haben, die dann auf zehntausend Metern Höhe kalte Füße bekamen und später als Tiefkühlfracht wieder ausgeladen wurden.

So wollte Edward Bonn auf keinen Fall enden, da waren sich seine Gehirnwindungen ausnahmsweise einmal einig. Da ihm nicht mehr viel Zeit blieb, diesem Schicksal zu entrinnen, strampelte Bonn panisch hin und her, um sich aus dem Sog der Koffer und Taschen zu befreien. Er hätte es wahrscheinlich sogar geschafft, wäre ihm zwischendurch nicht wieder eingefallen, dass er eigentlich in dem Schlamassel steckte, um seinen *eigenen* Koffer wiederzubekommen. Sein Gehirn befand sich im heftigen Streit, ob der Koffer oder das blanke Überleben oder doch das Überleben mit Koffer wichtiger sei.

Edward Bonn hingegen hatte keine Zeit für elendslange, geistreiche Debatten und wühlte nach seinem Koffer. Dieser befand sich ganz vorne an der Kante des Containers. Perfekt, dachte Bonn. Er brauchte sich nur nach vorne zu wühlen, den Koffer zu schnappen und konnte dann gleich über die Kante aus dem Container hopsen. Wahrscheinlich würde er sich bei dem Fall beide Beine brechen, aber die Aussicht, sich und seinen Koffer retten zu können, war ihm das wert.

Irgendwie schaffte Bonn es unter Überwindung all seiner körperlichen Defizite, sich frei zu graben und über die Masse an Gepäckstücken zu seinem Koffer zu kriechen, als plötzlich ein erneuter Ruck den Wagen erfasste und dieser in eine erneute vorwärts gerichtete Bewegung überging. Die Verknüpfung aus rückartigem Anhalten der Aufwärtsbewegung und darauf folgendem Einsetzen der Vorwärtsbewegung veranlasste Bonns Koffer zuerst gefährlich zu wackeln, dann ohne weitere Vorwarnung über die Kante zu kippen und hinab zu fallen. Bonn konnte nur mehr mit ansehen, wie sein geliebtes braunes Köfferchen auf dem harten Betonboden landete, aufbrach und seinen Inhalt, bestehend aus Tausenden Papierfetzen, über den halben Parkplatz verstreute, ehe sich die Ladeklappe des Flugzeuges zu schließen begann.

Peru, Südamerika (nicht Nebraska):

Es wehte ein kühler Wind, als Harry und Finch an einem unerhört kalten Nachmittag aus der Maschine traten. Wo auch immer dieser Teil der Welt liegen mochte, an den es die beiden gerade verschlagen hatte, sie hätten gut und gerne auf ihn verzichten können. Inquitos war eine besonders unnötige Stadt. Dies fand auch Vincent Torturro, der sich unauffällig im Hintergrund hielt und nach den beiden Lakaien von McDuffy das Flugzeug verließ. McMullin war irgendwo in der Stadt untergetaucht, das wussten Finch und Harry, und er hatte bestenfalls einen Vorsprung von zwölf Stunden. Sie würden also zunächst alle Hotels der Stadt abklappern. Sich einfach in ein Taxi zu setzen und irgendwohin gebracht zu werden, wo sie doch gar nicht wussten, wo sie eigentlich hinwollten, kam für die beiden nicht in Frage. Harry und Finch setzten sich stattdessen in ein Taxi, bedrohten den Fahrer mit einer kitschig vergoldeten Pistole und liehen sich dann kurzerhand den Wagen aus, denn es war viel leichter, etwas zu finden, indem man einfach ziellos und willkürlich durch die Gegend fuhr. In Los Angeles funktionierte diese Methode jedenfalls immer. Irgendwann würde man bestimmt der gesuchten Person über den Weg laufen – oder fahren.

Dass die Dinge in Peru etwas anders liefen als in Kalifornien, wurde den beiden relativ schnell klar, als sie in den gefährlichsten Berufsverkehr der Welt eindrangen.

McMullin war nicht leicht aus der Fassung zu bringen und generell schwer zu erschüttern. Das ihm zugewiesene Hotelzimmer mit seiner konservativen, altmodischen Einrichtung hätte normalerweise genau seinen Vorstellungen von einer menschengerechten Unterbringung entsprochen. Mit etwas weniger Staub auf den Möbeln hätte er es sogar stilvoll gefunden, doch dieses Zimmer hatte etwas absolut Verstörendes an sich. Es war nicht der Raum selbst, sondern eher etwas, das sich in ihm befand, das Connor McMullin beinahe den Atem geraubt hatte. Natürlich steckte er den Schreck schnell weg. Wenn man jahrelang sinnlos in dem dunklen Keller eines Verlages arbeitete und seine wertlose Zeit damit verbrachte, Fußbäder mit immer verschiedenen ätherischen Ölen zu nehmen, dann konnte einem nicht mehr viel die Fassung rauben.

Kurz nachdem McMullins Blick auf den wohlig warmen Kamin gefallen war, richteten sich seine Augen auf das geräumige, viktorianische Doppelbett, welches mitten im Raum stand und in dem ein nackter, kleiner Mann mit beiden Händen an das Bett gefesselt lag. Der Mann war ein Zwerg, hatte einen rosaroten Hut auf, in seinem Mund steckte eine dicke dampfende Zigarre und sein bestes Stück wurde nur durch einen Blumenstrauß verdeckt.

»Hola! Fremder Mann, ich bin ja so froh, Sie zu sehen!«, begrüßte ihn der Zwerg mit spanischem Akzent.

McMullin blinzelte kurz, schloss die Tür und nahm sich zunächst in aller Ruhe die Zeit, seinen Mantel aufzuhängen und dann einige Schritte in das Zimmer zu schlurfen.

»Gut. Zu Ihrer Information: Man hat mir soeben den Schlüssel für dieses Zimmer gegeben, da ich dieses Zimmer vor wenigen Minuten gebucht habe. Wie Sie sehen, bin ich komplett nass, woran der beschissene Regen schuld ist. Daher werden Sie auch verstehen können, dass ich mich sehr auf eine Dusche, ein trockenes Bett und eventuell ein angenehmes Fußbad gefreut habe. Was ich jedoch bestimmt nicht wollte, war ein nackter, spanisch sprechender Zwerg, und das gefesselt in meinem Bett. Also, wenn Sie bitte die Güte hätten, zu verschwinden.«

Der nackte Zwerg grinste und schien an der Situation irgendwie Gefallen zu finden.

»Aber Señor, gerne würde ich Ihrem Wunsch nachkommen, aber wie Sie vielleicht bemerkt haben, hat man mich an dieses Bett gefesselt.«

»Schön, damit mögen Sie ja recht haben, aber ein Hindernis ist das trotzdem nicht. Wer zum Teufel hat Ihnen das überhaupt angetan?«

»Man hat mich beraubt! Er hat alles mitgenommen, die Kleider, die Lederschuhe, oh, meine geliebten Lederschuhe. Einfach alles.«

McMullin stutzte. Irgendwie wusste ein Teil von ihm noch nicht so recht, was er von der ganzen Situation halten sollte.

»Und dann hat er mich hier festgebunden«, fügte der nackte Zwerg hinzu. »Mein Name ist übrigens Louis und ich bin sehr erfreut, Sie zu sehen.«

»Schön für Sie. Ich werde jetzt erst mal den Zimmerservice rufen und mich über die Qualität der Zimmer beschweren, denn wenn Sie hier fröhlich angekettet sind, hat man bestimmt noch nicht den Raum gereinigt.«

McMullin legte einen geistigen Schalter in seinem Kopf um, damit er das abstrakte Bild des nackten Mannes in seinem Bett vergessen konnte, und trat auf den Flur hinaus. Als er wenig später wieder mit dem Lift in der Eingangshalle angekommen war, fiel sein Blick sofort auf zwei sonderbare Typen, die genau in diesem Moment das Hotel betraten. McMullin stockte und ein innerer Instinkt riet ihm augenblicklich zur Flucht. Sein Blick wanderte unsicher hin und her. Er könnte zur Rezeption laufen und die Polizei holen lassen – die vermutlich viel zu lange brauchen würde –, vorausgesetzt, es gab so etwas wie ein Gesetzesorgan überhaupt in dieser Stadt. Die zweite Möglichkeit war natürlich, sofort wieder mit dem Lift nach oben zu fahren, was McMullin zumindest etwas

Zeit verschaffen würde, um sich etwas Besseres einfallen zu lassen. Hastig drückte er die Taste zum Schließen der Tür, in der Hoffnung, dass die beiden Neuankömmlinge ihn noch nicht gesehen hatten.

Harry und Finch hatten ungefähr alle Regeln der Fahrkunst gebrochen, mehrere Unfälle verursacht – in einen davon war Vincent Torturro verwickelt gewesen, der daraufhin seine Verfolgung auf einem stinkenden Moped abbrechen musste – und Bekanntschaft mit einer Lamaherde gemacht. Das, was von ihrer modisch katastrophalen Kleidung übrig geblieben war, nachdem sie mit einer Herde Lamas Freundschaft geschlossen hatten, konnte man bestenfalls noch als Fetzen bezeichnen, aber mit ihren Sonnenbrillen sahen sie nach wie vor sehr cool aus.

Der Krach, den ihr gestohlenes Taxi machte, nachdem es gegen die Hauswand des Hotels gekracht war, war natürlich von dem Mann an der Rezeption nicht überhört worden.

»Guten Abend, Gentlemen. Ich muss Sie darauf hinweisen, dass Ihr Fahrzeug unrechtmäßig abgestellt wurde und dass Ihre Kleidung nicht den Vorschriften unseres Hotels entspricht. Hippies sind bei uns leider unerwünscht.«

Harry und Finch warfen sich einen fragenden Blick zu.

»Soll ich, Harry?«

Harry nickte. Finch zog seine mächtig große, kitschig vergoldete Knarre hervor und hielt sie dem Rezeptionisten unter die Nase.

»So, du Penner. Wir suchen einen gewissen Connor McMullin und wissen, dass er hier eingecheckt hat. Du wirst uns jetzt sofort sagen, welches Zimmer er hat, oder ich tapeziere die Wand mit deiner Gehirnmasse!«

Den Spruch hatte Finch aus einem Film aufgeschnappt und fand es immer wieder sehr erfreulich, wenn er Gelegenheit hatte, ihn einem armen Schwein ins Gesicht zu sagen. Der Mann an der Rezeption blieb jedoch völlig ruhig. Er blickte mit einer absolut arroganten Gelassenheit auf Harry und Finch herab, als erlebe er es täglich, mit einer mächtigen Pistole bedroht zu werden.

»Ich bedauere, ich darf die Daten unserer Gäste nicht an Dritte weitergeben, so lauten die Bestimmungen unserer Geschäftsführung.«

Der Mann blickte Finch sehr entschlossen in die Augen.

»Außerdem möchte ich Sie darauf hinweisen, wenn ich so frei sein darf, dass Waffen wie Pistolen, Gewehre, Armbrüste, Wurfsterne, Schwerter, Lanzen, Spieße, Bärenfallen, Granatwerfer und so weiter in unserem Hotel nicht gestattet sind. Anweisung der Geschäftsführung.«

Harry und Finch blickten einander wieder fragend an.

»Dann muss ich Sie darauf aufmerksam machen, dass wir auch keine homosexuellen Pärchen im Hotel dulden.«

Es machte einen lauten Knall, der Mann taumelte mit einem faustgroßen Loch im Kopf gegen die Wand und fiel dann wie eine Holzpuppe in sich zusammen.

»Du Trottel, wer hat dir gesagt, dass du ihn erschießen sollst?«

»Aber er hat uns als homosexuell bezeichnet, Harry!«

»Du Idiot solltest ihm drohen, damit er uns sagt, wo McMullin ist, und ihn erst dann erschießen. Du machst die Sache immer komplizierter, als sie eigentlich sein müsste.«

»Tut mir leid, Harry, aber sieh mal, er ist lustig hingefallen.«

»Jetzt steck die Knarre weg und lass uns die Zimmer durchsuchen. Trottel.«

»Und was machen wir mit dem hier?«

»Lass ihn liegen, die haben hier bestimmt einen Reinigungsservice.«

So gelassen, als wäre nichts von Bedeutung passiert, gingen beide zum Lift.

Vic Torturro hatte sich am Flughafen einfach ein herumstehendes Moped geschnappt und war damit Harry und Finch gefolgt. Er hatte recht schnell den Eindruck, dass man ihn als Verfolger bemerkt hatte, denn das gestohlene Taxi raste mit einer lebensbedrohlichen Geschwindigkeit durch die Stadt. Doch Vic konnte mithalten. Als sie jedoch an der Kathedrale von Inquitos vorbeikamen, wurde er unverhofft in einen Unfall hineingezogen. Ein sehr seltsamer Typ mit blonden Haaren, weißem Anzug und irre wirkenden blauen Augen hatte offenbar durchgedreht und sich lautstark vom Turm der Kathedrale herunter beschwert, warum diese Scheißstadt noch kein Opernhaus hatte, und dabei kräftig die Glocken geschlagen. Die Polizei konnte den Typen nur mit Mühe abführen, und abgelenkt von dieser Szene übersah Vic beinahe die Lamaherde, die soeben auf dem Fußgängerstreifen die Straße querte. Der folgende Bremsvorgang stellte sich als fatale Fehleinschätzung heraus, was zur Folge hatte, dass Vic ungebremst in den Haufen Lamas raste. Kurz wurde es schwarz, und als er die Augen wieder öffnete, spuckte ihm ein besonders schlecht gelauntes Lama ins Gesicht. Er saß mitten in der Herde dieser seltsamen Tiere und wurde von allen Seiten bespuckt. Offenbar schien es den Lamas nicht besonders gefallen zu haben, dass ein Tourist mit einem Moped in ihre Ansammlung gerast war. Irgendwo weiter vorne – die Herde war sehr groß – hörte er ein Taxi hupen und mehrere Lamas aufkreischen. Vic wischte sich die Lamaspucke aus dem Gesicht und blickte sich verwirrt um. Dann passierte etwas Seltsames. Er konnte sich nicht erinnern, Drogen oder sonstige die Wahrnehmung trübende Substanzen genommen zu haben, also musste der Sturz schuld daran gewesen sein. Ein besonders konservativ schwarz-weiß gemustertes Lama kam auf ihn zu und sprach ihn an.

»Hallo, ich bin Pepè, ist Ihnen etwas passiert?«

Vic blickte Pepè staunend an. Er hatte ja schon viel gesehen und noch mehr gehört, aber ein sprechendes Lama? Vic blinzelte.

»Ja, ich denke, es ist alles in Ordnung.«

Er stand auf und putzte sich ab.

»Dann ist's ja gut. Ihre Bremsen haben wohl versagt, oder?«

»Ja, vermutlich.«

»Sie sind Tourist, oder? Was treibt Sie nach Inquitos?«

»Ähm, nun ja, eigentlich habe ich dieses Taxi verfolgt. Ich komme nämlich aus Los Angeles.«

»Wirklich? Ich habe einen Onkel in Los Angeles, er lebt dort auf einer Farm. Soll nett sein dort.«

Vic blinzelte erneut. Führte er gerade mit einem Lama eine Unterhaltung?

»Sind Sie wirklich ein Lama?«

»Das Gleiche könnte ich Sie auch fragen.«

»Aber ich bin kein Lama!«

»Habe nie behauptet, dass ich eines wäre.«

»Aber bei allem Respekt. Sie sehen aus wie ein Lama.«

»Tja, wenn Sie das sagen. Wieso waren Sie hinter dem Taxi her?«

»Weil dort zwei Typen drinnen sitzen, die ich verfolgen muss. Zwei üble Kerle.«

»Ich könnte meine Herde bitten, das Taxi aufzuhalten. Soll ich das tun?«

Vic zuckte mit den Schultern. In einer Situation wie dieser sollte man keine Hilfe ausschlagen. Er nickte. Das Lama pfiff einmal laut, gab ein paar Töne von sich, und kurz darauf schien die ganze Herde auf das Taxi loszugehen. Vic schüttelte den Kopf, bedankte sich und suchte sich dann ein neues Fahrzeug. Der Krankenwagen, der einige Meter entfernt stand, war ein logisches Ziel.

Hawaii–Los Angeles (wieder vor zwei Wochen)

Kaffee oder Tee?«, fragte die nette Stewardess mit den goldig blonden Locken und einem etwas dämlichen Grinsen. Der deutsche Geschäftsmann, dem diese Frage galt, wollte Tee und teilte ihr dies mit einem charmanten Lächeln mit. Die Stewardess nickte freundlich, schenkte ein und trippelte dann weiter zum nächsten Passagier.

»Kaffee oder Tee?«

Durch die geräumige Kabine der 747 drangen die zarten Klänge von Loungemusik. Das Licht war gerade etwas schummriger gemacht worden. Die meisten Passagiere rollten sich zu einem Nickerchen zusammen oder begnügten sich mit einem Bordfilm.

»Ladys und Gentlemen, hier spricht Ihr Captain. Wir werden Hawaii in sieben Stunden erreichen. Ich wünsche Ihnen einen angenehmen Flug. Sollten Sie irgendwelche Wünsche oder Fragen haben, so steht Ihnen das Bordpersonal gerne zur Verfügung.«

Captain John Smith, von seinen Kollegen einfach »Smithy« genannt, deaktivierte die Lautsprecheranlage und lehnte sich gemütlich im Cockpit zurück.

»Hey, was meinst du, Joe, ob sich bei der Landung wieder einer ankotzt?«

Joe war der Co-Pilot, ein stämmiges Muskelpaket mit einer grimmigen Boxerfresse. Er war ein Typ, der die Welt gesehen hatte – und dies ist nicht als Anspielung auf seinen Job als Pilot gemeint. Nein, Joe hatte schon so ziemlich alles gemacht und alles gesehen, was es zu machen und zu sehen gab. Deshalb verbrachte er nun seinen Lebensabend mit einem eher ruhigen und unspektakulären Job, nämlich Co-Pilot. Das Fliegen beruhigte seine Nerven, wie er fand. Nachdem er vom Highschool-Footballstar zu den Marines gegangen und bei einer knallharten Spezialeinheit untergekommen war, die bei jeder Aktion seit dem Vietnamkrieg dabei gewesen war, hatte er eine kurze Karriere als Filmschauspieler hinter sich. Er hatte zweimal geheiratet und sich wieder scheiden lassen, war Bodyguard für den Präsidenten gewesen, hatte als Extremsportler alle Achttausender der Welt bestiegen und hatte zweimal den Ärmelkanal durchschwommen. Nun musste er seine Nerven etwas schonen, hatte der Arzt gemeint.

Joe gab ein zustimmendes Murren von sich. Smithy mochte Joe, er war so herrlich unkompliziert. Für jemanden, der John Smith hieß, war die Welt ein sehr komplizierter Ort, was schon damit zu tun hatte, dass es allein in Kalifornien eine geschätzte Million John Smiths geben musste. Smithy war auch zweimal verheiratet gewesen und zahlte für vier Kinder Unterhalt. Außerdem musste er noch immer seinen Kredit für das College abstottern, was bei einem Hungerlohn als Pilot recht schwierig war. Und er hatte eine kranke Großmutter. So gesehen war ein Typ wie Joe eine willkommene Abwechslung.

Debby, so der Name der blond gelockten Stewardess, war mit der letzten Runde fertig und ließ sich etwas erschöpft in der Mannschaftskabine auf so ein Ding fallen, das man als Sitzgelegenheit in Flugzeuge einbaute und das jeglicher Bequemlichkeit spottete.

»Kaffee oder Tee?«, fragte eine niedlich klingende Stimme. Debby drehte sich um und blickte in das runde, strahlende Gesicht von Sandy, ihrer Kollegin.

»Es war schon wieder Tee«, meinte Debby und drückte Sandy einen Zehndollarschein in die Hand. Sandy lächelte. Auf Langstreckenflügen musste man sich irgendwie die Zeit vertreiben, denn während es sich alle Passagiere gemütlich machen konnten, sich bedienen ließen und stundenlang irgendwelche halbkomischen Filme glotzen konnten, war so ein Flug für die Servicebesatzung anstrengend und außerdem sehr langweilig. Um sich über diese Eintönigkeit etwas Spannung zu verschaffen, hatte man immer eine Wette laufen. Wovon würden die Passagiere mehr bestellen, Kaffee oder Tee?

»Ich hab' gehört, in Honolulu kommt Dave an Bord«, sagte Sandy ganz entzückt.

»Wirklich? Oh, er ist ja so geil! Ich bin ja so aufgeregt.«

»Ich hoffe, wir haben genügend Zeit für ... na, du weißt schon.«

Debby und Sandy kicherten wie verrückt.

Dave war Steward und Ex-Handmodel. Er hatte einfach göttliche Hände. So zart und geschmeidig, die Haut leicht gebräunt mit einem leichten Oliventeint. Zierlich und doch kräftig zugleich. Die Finger ganz glatt ohne Furchen und Falten und so zärtlich.

Wenn ein Mann solche Hände hatte, war es völlig egal, wie der Rest von ihm aussah, die Frauen liebten ihn. Jede Stewardess war ganz verrückt nach ihm und alle wollten, dass Dave ihnen mal zur Hand ging, wenn man weiß, was darunter gemeint ist.

»Er soll mit Lydia Schluss gemacht haben«, meinte Debby wissend.

»Das war ja noch nie ein Hindernis.«

Beide kicherten wieder.

Irgendwo in der ersten Klasse ging eines dieser roten Lichter an, die das Bordpersonal aufmerksam machen sollten. Ein dicker Amerikaner mit Hawaiihemd hatte den Knopf gedrückt, denn er hatte ein Problem. Debby trippelte fröhlich lächelnd herbei.

»Kann ich etwas für Sie tun, Sir?«

Der Mann wirkte etwas verzwickt und schien sich in seinem Stuhl gar nicht wohl zu fühlen, was vermutlich daran lag, dass seine Körpermasse eigentlich den Platz von zwei Stühlen brauchen würde, aber in nur einen gezwängt wurde.

»Ich kriege meinen Sicherheitsgurt nicht mehr auf, die Schnalle ist irgendwo in meinem Bauch versunken.«

Debby blinzelte kurz verwirrt und schien nicht ganz zu verstehen. Dann erkannte sie, dass der Mann sich so festgeschnallt hatte, dass der Sicherheitsgurt seinen Bauch einschnürte und der Verschluss nun von einer Fettschwarte begraben war. Sie warf einen kurzen angewiderten Blick zu Sandy, die ein mitleidsvolles Gesicht machte, dann wandte sich Debby wieder dem dicken Herren zu und lächelte freundlich.

»Kein Problem, das haben wir gleich.«

Debby bohrte mit ihren Händen in den Wanst und werkte herum. Plötzlich machte es klick und der Gurt löste sich.

Sichtlich erleichtert breitete sich die verdrängte Fettmasse aus und der Mann gab ein zufriedenes Grunzen von sich.

»So, bitte schön, das hätten wir erledigt.«

»Oh, Sie sind ein Schatz.«

»Lassen Sie es mich wissen, wenn Sie noch etwas benötigen.«

»Alles klar.«

Der Mann grinste ekelhaft und starrte Debby lüstern auf den Hintern, als sie wieder nach vorne ging. Debby deutete Sandy, dass sie am liebsten kotzen würde, und setzte sich wieder hin.

»Ekelhafter Fettsack.«

»Was war denn?«

»Hat seinen Gurt nicht mehr aufbekommen, weil er so fett war. Wirklich. Am liebsten will man diesen Leuten doch ins Gesicht schreien, dass sie verdammt noch mal abnehmen sollen, dass sie schlicht und einfach fett und hässlich und eine Beleidigung für alle sind, die ihre unförmigen Hintern, die Elefantenoberschenkel und die walzenartigen Bäuche ansehen müssen. Außerdem schwitzen sie, riechen nach Müll und sabbern ständig aus irgendeinem Loch. Wuuäääähh! Ganz zu schweigen davon, wie ekelhaft es sich anfühlt, wenn man sie auch noch berühren muss.«

»Arme Debby.«

Währenddessen hatte Joe alles unter Kontrolle. Smithy döste vor sich hin, aber er, Joe Bakura, konnte nicht schlafen. Er war immer hellwach, und wenn plötzlich ein nordkoreanischer Abfangjäger vor ihnen aufgetaucht wäre, dann würde er ihn verfolgen und vernichten. Dass die Passagiermaschine keinerlei Waffen hatte, würde dabei keine Rolle spielen, denn alles, was Joe Bakura steuerte, wurde zur Waffe.

Man sollte an dieser Stelle erwähnen, dass er Training bei Chuck Norris gehabt und ihn sogar einmal besiegt hatte. Zwar nur in seinen Träumen und weil Chuck Norris ihn gewinnen ließ, aber immerhin. Joe war eben eine richtig harte Sau, und egal, was passieren würde, er war bereit dafür. Natürlich würde nichts passieren, wie üblich. Natürlich hörte man immer wieder von Flugzeugabstürzen, von Triebwerksausfällen, Kollisionen oder UFO-Sichtungen, und natürlich konnte so ein Fall statistisch gesehen jederzeit eintreten, aber rein praktisch gesehen passierten solche Dinge immer nur anderen Leuten. Joe rechnete zwar mit allem, glaubte aber nicht ernsthaft daran. Der Autopilot lief funktionsgemäß und steuerte das Flugzeug ohne weiteres Zutun seinem Ziel entgegen. In der Kabine war es ruhig geworden und vor ihnen lag der nahende Sonnenuntergang. Alles lief wie gewohnt, und diese Ruhe gab Joe ein Gefühl der inneren Zufriedenheit. Er blickte zu Smithy hinüber, der friedlich vor sich hin döste. Joe grinste und gab sich der Bequemlichkeit hin, sich ebenfalls zurücklehnen zu können, als er plötzlich ein Geräusch vernahm.

Der deutsche Geschäftsmann hatte seinen Tee ausgetrunken und las nun ein völlig schwachsinniges Buch von einem selbsternannten Experten von irgendetwas, der glaubte, in einem sogenannten »Sachbuch« zukünftige politische Entwicklungen vorhersagen zu können. Der Geschäftsmann nickte zustimmend, als er einige sehr kritische Passagen über Bankensteuern las, als auch er plötzlich ein Geräusch vernahm. Er blickte auf und sah sich um. Rings um ihn schliefen die Leute und keiner schien der Grund für das eben gehörte Geräusch zu sein. Da! Da war es wieder. Der Geschäftsmann blickte verwirrt in die Luft. Irgendwas war da, er hatte sich nicht getäuscht. Er lauschte aufmerksam. Klang etwas dumpf, irgendwie vertraut. Es klang, als ob jemand hinter einer Wand ganz furchtbar schreien würde. Ja, es war definitiv eine Stimme. Der Geschäftsmann lauschte, ob er etwas verstehen konnte. War diese Stimme wirklich da oder war sie nur in seinem Kopf? Sollte ja vorkommen ... Er blickte sich wieder um. Keiner der anderen Fluggäste schien etwas zu hören, allerdings hatten die meisten Kopfhörer auf oder Wattebällchen im Ohr, um besser schlafen zu können. Etwas beunruhigt legte der Mann das Buch weg und beriet innerlich, was er von den Geräuschen halten sollte. Er hörte es schon wieder. Es klang irgendwie nach hi... feee. Komisch. An irgendwas erinnerte ihn das.

Hi...feee! Der Mann grübelte angestrengt darüber nach, was dies bedeuten konnte.

Hi...feee! Hi...feee! Hieee...feee! Hieeel...feee! Hilfe!

Die Erkenntnis schoss ihm ein wie ein Blitz. Die dumpfe Stimme rief nach Hilfe!

Sehr seltsam. Wer oder was sollte denn an Bord eines

Flugzeuges um Hilfe schreien, dafür gab es doch diese schönen runden Knöpfe, die man drücken konnte, damit dieses rote Lämpchen über dem Sitz anging?

Der Geschäftsmann grübelte wieder angestrengt nach. Andererseits klang die dumpfe Stimme nicht danach, als komme sie aus der Passagierkabine. Vielleicht hatte sich jemand auf der Toilette eingesperrt und konnte die Tür nicht mehr öffnen.

Der Mann hob den Kopf und blickte über die Reihen nach vorn zur Toilette, aus der in diesem Moment eine ältere Dame kam. Beruhigt lächelte der Geschäftsmann und lehnte sich wieder zurück. Kein Grund zur Aufregung. Er griff nach seinem Buch und wollte soeben weiterlesen, als er es wieder hörte.

Hieee...feee! Verdammt. Woher kam diese Stimme? Nervös legte er das Buch wieder weg und kaute angestrengt an seinen Fingernägeln. Da! Schon wieder die Stimme. Jetzt reichte es. Irgendetwas oder irgendjemand schrie hier, und er, der deutsche Geschäftsmann, fühlte sich dadurch in seiner Ruhe und seiner Ordnung der Dinge gestört. Es war definitiv nicht in Ordnung, dass hier eine Stimme nach Hilfe rief, nein, das gehörte sich einfach nicht. Und er, der deutsche Geschäftsmann, würde jetzt handeln. Er würde die natürliche Ordnung, wie sie auf einem normalen, ruhigen Langstreckenflug herrschen sollte, wiederherstellen. Ja, als Deutscher fühlte er sich verpflichtet, etwas zu unternehmen, den Lauf der Dinge zu beeinflussen, um Ordnung in das Chaos der Welt zu bringen. Sein Gesichtsausdruck wurde ernst. Entschlossen rückte er seine Brille zurecht, atmete tief ein und aus, schloss für einen Moment der Besinnung die Augen, um sich zu sammeln, damit er seine gesamte Präsenz der Lösung dieses Problems widmen konnte. Dann drückte er den runden Knopf über seinem Sitz.

ZIMMER 404:

Die Tür machte ein knarrendes Geräusch und schwang langsam auf. Im Zimmer war es dunkel, bis auf die Tatsache, dass eine Straßenlaterne fahles Licht durch das Fenster warf. Harry und Finch hätten schwören können, soeben noch Stimmen aus diesem Zimmer gehört zu haben, doch was immer es gewesen war, es schien von der öden Dunkelheit in dem Raum verschluckt worden zu sein. Draußen regnete es immer noch in Strömen und das einzige Geräusch war das Prasseln schwerer Regentropfen gegen die Fensterscheibe.

Der Boden ächzte, als Harry einen Schritt in den Raum wagte und sich vorsichtig umsah. An der Wand sah er die Umrisse eines Lichtschalters. Seine Hand tastete vorsichtig danach und fand ihn schließlich. Das Licht ging an und eine schwere Blumenvase sauste auf Harrys Kopf herab und zerschellte darauf in tausend Stücke. Finch machte vor lauter Schreck einen Hops nach hinten und ballerte dabei panisch mit seiner Kanone um sich, bis es nur noch klickte.

»Du hast deine Kugeln verschossen, du Idiot.«

Finch wirbelte verwirrt herum und blickte in das Gesicht von Connor McMullin, der protzig, aber schmächtig, vor ihm stand. Ihm zu Füßen lagen der bewusstlose Harry und die Fragmente einer Vase.

»Also gut, ich hab' keine Ahnung, warum ihr hier seid, aber ich nehme an, es hat etwas mit meinem Auftrag zu tun.«

Finch stand da wie ein begossener Pudel und wusste nicht recht, was er sagen sollte.

»McDuffy wollte, dass wir jemanden finden, bevor jemand anderes diesen Jemand findet. Keine Ahnung, Harry wusste alles.«

»Du bist wirklich dümmer als ein Stück Holz. Aber das macht nichts.«

Finch hasste solche Situationen. Er mochte es nicht, auf sich alleine gestellt zu sein, das war ihm zu kompliziert. Er mochte die Einfachheit einer Hierarchie. Jemand sagte ihm, was er tun sollte, und er tat es. Im Idealfall handelte es sich dabei um recht einfache, unkomplizierte Dinge, aber er hasste es, wenn er bei einer Sache zu viel mitdenken musste, davon bekam er Kopfschmerzen und Hunger.

Deswegen war ein kleiner Teil seines Unterbewusstseins auch sehr froh darüber, dass er plötzlich, völlig unvermittelt, einen Schlag auf den Hinterkopf bekam und ohnmächtig zu Boden fiel, dies ersparte ihm Gott sei Dank weitere Denkanstrengungen.

Vic Torturro blickte auf die beiden Lakaien von McDuffy, die dalagen wie zwei Stück Fisch.

»Offensichtlich bezahlt man Sie für Ihr Timing«, bemerkte McMullin, der etwas verwundert zu Vic schielte. Dieser richtete den Kragen seiner Jacke zurecht und reichte dem hageren Archivar die Hand.

»Vic Torturro. Ich bin hier, um Sie zu retten.«

»Angenehm. Ich muss einen unserer Kritiker finden und ich weiß nun, wo er ist.«

McMullin deutete auf den kleinen Mexikaner, der unauffällig, diesmal aber zumindest bekleidet, neben dem Bett stand. Vic blickte etwas verwirrt. Kleine Menschen verursachten bei ihm immer eine Gänsehaut.

Zimmer 404 würde McMullin nicht so schnell wieder vergessen und er schwor sich, niemals wieder in einem Hotelzimmer mit dieser Nummer zu übernachten, geschweige denn, eines zu betreten. Er würde am liebsten auch alle Straßennummern mit dieser Bezeichnung vernichten, aber er sah ein, dass dies wohl eine unangemessene Überreaktion darstellen würde.

Nichtsdestotrotz entschied man, jenes Hotel mit besagtem Zimmer möglichst rasch zu verlassen. Nicht nur wegen der Tatsache, dass Harry und Finch baldigst und sehr übel gelaunt wieder aufwachen würden, sondern auch wegen des toten Portiers in der Eingangshalle, der bestimmt früher oder später jemandem auffallen würde, und dann war es besser, bereits über alle Berge zu sein.

Der Mexikaner, dessen Daseinsberechtigung Vic zunächst nicht in den Kopf wollte, hatte einen alten VW-Bus, den sie nun zu benützen gedachten. Der winzige Mexikaner sollte noch erheblich zum Finden von Edward Bonn beitragen. Er war nämlich Koch und schon seit Längerem hinter Bonn her gewesen, als er ihm schließlich in jenem Hotel begegnete. Louis hatte bis vor wenigen Wochen noch ein Restaurant in San Diego besessen, als Edward Bonn eine vernichtende Kritik darüber veröffentlichte und daraufhin nicht nur alle Gäste fernblieben, sondern auch die Lebensmittelbehörde sich veranlasst sah, dem Restaurant den Riegel vorzuschieben. Deswegen wollte Louis sich rächen und war Edward Bonn, seit dieser in Los Angeles in eine Maschine gestiegen war, gefolgt. Wie sich aber herausgestellt hatte, war Bonn nicht nach Inquitos geflogen, weshalb er zwei Wochen auf ihn warten musste. Schließlich stellte er ihn in seinem Hotelzimmer. Dummerweise hatte Bonn – so paranoid, wie er war – mehrere Fallen aufgebaut, die lästige Besucher abhalten sollten. Louis erinnerte sich nur mehr an einen rosaroten Koffer, der seinen Kopf traf, dann wachte er ans Bett gefesselt auf.

Jedenfalls wusste er, wohin Bonn gereist war, nämlich nach Nabuko, einem kleinen Dorf in Peru. Dorthin würden sie jetzt fahren. Nachdem McMullin Vic die Situation mit Edward Bonn erklärt hatte, befand dieser, dass ein schnelles Finden dieses Kritikers wohl auch dem Problem seines Chefs, Tony Brooks, weiterhelfen würde.

IRGENDWO AUF 10.000 METERN
(WIEDER VOR ZWEI WOCHEN)

Was kann ich für Sie tun?«

Debby lächelte freundlich und blickte hilfsbereit und aufgeschlossen zu dem deutschen Geschäftsmann, der etwas unruhig wirkte.

»Hören Sie das nicht?«

Debby horchte kurz und machte einen weiteren Strich auf ihrer imaginären Liste der verrückten Leute, die sie heute bedienen durfte.

»Nein, ich höre nichts außer dem Vibrieren der Triebwerke, dem Surren der elektronischen Relais hinter der Verkleidung, dem Schnarchen des Franzosen zwei Reihen weiter und ...«

Debby stockte. Sie war sich sicher gewesen, dass da absolut nichts war, was man hören und als abnormal befinden konnte. Doch jetzt hörte sie es auch. Es klang wie ein dumpfer Hilfeschrei, der zunehmend lauter wurde. Er schien aus dem hinteren Teil des Flugzeuges zu kommen. Es gab in einer 747 eine Verbindungstreppe zwischen dem ersten Deck, dort, wo das Cockpit und auch die erste Klasse waren, zwischen dem zweiten Deck, wo sich das gewöhnliche Flugvolk breitmachen durfte, und dann war da auch noch eine verschlossene Tür zu den Frachträumen. Debby blickte mit wachsender Nervosität zum Treppenaufgang. Das abnormale Geräusch kam eindeutig von dort. Jetzt reichte es. So ein Langstreckenflug war anstrengend genug und Debby hatte nun die Schnauze voll von diesen verrückten Leuten, die alle zur Urlaubszeit nach Hawaii wollten und ihr mittlerweile gehörig auf die Nerven gingen. Sie warf die Haare nach hinten und ging zielstrebig zum Treppenschacht. Welcher vollkommen irre

Idiot sich dort auch eingeschlossen haben mochte, und wenn er auch nur die Toilette gesucht hatte, sie würde ihm ordentlich die Meinung sagen. Debby drehte am Knauf und riss die Tür auf. Zuerst war es dunkel dahinter. Eine beleuchtete Treppe führte normalerweise in den Frachtraum hinunter, doch diesmal war alles anders.

Debby machte einen Satz nach hinten, verzog ihr Gesicht und bereitete sich darauf vor, augenblicklich den panischsten Schrei von sich zu geben, den sie jemals mit ihren zarten Stimmbändern hatte erzeugen müssen. Kurz darauf tat sie es. Das halbe Flugzeug schien einen unerklärlichen Sprung zu machen. Die Leute schreckten hoch, stießen sich panisch die Köpfe oder rannten hysterisch ineinander. In diesen plötzlich ausbrechenden Tumult gesellte sich ein noch viel panischeres und hysterischeres Geschrei, und es schien sich im ganzen Flugzeug auszubreiten.

Eine hagere, furchtbar entstellte Gestalt mit zerlumpten Kleidern und dem wahnsinnigen Blick eines irakischen Selbstmordattentäters war durch die Treppentür gestürmt und rannte vollkommen von Sinnen schreiend durch das Flugzeug. Die Gestalt war natürlich Edward Bonn.

Joe hatte das ungute Gefühl, dass irgendetwas nicht stimmte. Normalerweise hatte er dieses Gefühl nur, wenn er mexikanische Bohnen gegessen hatte, und dann war es sein Magen, der dieses Gefühl vermittelte. Er hatte dieses Gefühl auch schon früher gehabt. Als er mit seinen Kameraden von der 5. Division in Bagdad festsaß und dieser Typ auf ihn zu rannte. Da hatte Joe auch ein ungutes Gefühl gehabt. Damals hatte er nicht lange herumgefackelt und den Kerl einfach abgeknallt, doch jetzt hatte er dieses Gefühl wieder und diesmal hielt er keine vollautomatische M16 in der Hand, sondern lediglich den Steuerknüppel eines Flugzeuges mit knapp 300 Passagieren an Bord.

Draußen schien etwas vor sich zu gehen, jedenfalls hörte es sich ganz danach an. Ein Blick auf die Bordinstrumente verriet, dass alles in Ordnung sein musste, doch trauen konnte man diesem Schrott nicht. Also entschloss sich Joe, erst einmal nachzusehen. Er aktivierte den Autopiloten, ging zur Cockpittür und wollte sie in eben jenem Moment öffnen, als er von einem schreienden Edward Bonn niedergerannt wurde. Joe taumelte und fiel rückwärts gegen die Armaturen. In diesem Moment entschied ein technisches Gerät sich dafür, den Geist aufzugeben und lauter rote Warnlichter blinken zu lassen. Der Autopilot deaktivierte sich und das Flugzeug ging sofort in einen unerhört steilen Sinkflug über. Man muss an dieser Stelle zu Edward Bonns Entschuldigung anmerken, dass ein bis zwei Stunden in einer Frachtluke bei weniger als null Grad durchaus Panik auslösen können.

Jedenfalls befand sich das Flugzeug nun im Sinkflug. Joe hatte sich den Kopf gestoßen und war k. o. gegangen, Smithy war gerade eben aus seinem Nickerchen erwacht und versuchte zunächst, die Situation zu ergründen. Dass das Flugzeug einen bodenwärtigen Kurs eingeschlagen hatte, wurde ihm schnell klar, dass sein Co-Pilot bewusstlos gegen das Steuerrad lehnte, er es deshalb nicht hochziehen konnte und ein panisch kreischender, dünner Mann neben ihm lag, benötigte ein paar Sekunden der Erkenntnis. Der Höhenmesser wies auf recht beunruhigende Tatsachen hin, die sich rasch verschlechterten. Smithy musste etwas tun, das war ihm klar. Mit aller Kraft bugsierte er Joe vom Steuerknüppel weg und zog dann das Flugzeug mit voller Wucht in die Höhe. Der spontan eingeleitete Richtungswechsel hatte verheerende Auswirkungen auf die träge Masse einiger Passagiere, die sich daraufhin allesamt übergaben.

Als das Flugzeug wenig später halbwegs sicher auf Isla Guadalupe zwischenlandete, hätte ein neutraler Beobachter zunächst an eine durchgeschleuderte Waschmaschine gedacht. Dennoch war niemandem an Bord etwas passiert.

Edward Bonn kam schließlich nach einer Nacht in Polizeihaft frei. Das Einzige, was er als sein Eigentum deklarieren konnte, war ein rosarotes Barbiekofferchen, das man ihm aus dem Polizeifundus zur Verfügung gestellt hatte, und ein paar zerschlissene Kleider, die einem Putzmann gehört hatten. Dennoch sah Bonn damit interessanter und sympathischer aus als jemals zuvor in seinem Leben. Entweder lag es am mangelnden Interesse an seiner Person oder an der Tatsache, dass die Polizisten hier einfach faule Säcke waren, jedenfalls hatte man ihn ohne Strafe wieder frei gelassen. Was die Situation nicht wesentlich verbesserte, denn nun war Edward Bonn auf sich alleine gestellt, und das auf einer kleinen Insel im Pazifik, abgeschnitten vom Rest der Welt, die noch dazu von unmotivierten, mexikanischen Behörden verwaltet wurde. Schlimmer ging es ja wohl nicht. Er hatte kein Geld, keine Papiere und keine Ahnung, wie er es jemals wieder von diesem Eiland runter schaffen sollte. Der nächste Flug nach Mexiko ging in zwei Tagen, solange musste Bonn sich hier irgendwie durchschlagen, doch er würde es schaffen. Er hatte bereits so viel Pech gehabt, es konnte einfach nicht mehr schlimmer kommen. Also nahm er an, dass er zur Abwechslung einfach einmal Glück haben würde, und wer hätte gedacht, dass ihm das Leben dieses wirklich zuteilwerden ließ? Ein russischer Frachtpilot war bereit, ihn ohne Bezahlung mitzunehmen, mit der einzigen Bedingung, dass Bonn über seinem gewünschten Ziel abspringen müsse. Im Anbetracht der Tatsache, dass er ohnehin fast mit einem Flugzeug im Pazifik versenkt worden wäre, erschien ihm dieses Angebot durchaus annehmbar. In einer russischen Frachtmaschine mitgenommen zu werden, war statistisch gesehen sogar sicherer als in einer Boing 747 zu fliegen und Bonn war jemand, der Statistiken traute. Man konnte ihnen einfach schwer widersprechen.

Nabuko sehen und sterben:

Edward Bonn war tatsächlich aus einer russischen Frachtmaschine gesprungen, aber das war nun fast zwei Wochen her und eigentlich nicht mehr der Rede wert. Er hatte ohnehin in den letzten Tagen mehr erlebt als in all den kläglichen Jahren zuvor. Er war nie wirklich gerne Restaurantkritiker gewesen. Er mochte seine Arbeitszeiten nicht, seine Kollegen gingen ihm auf die Nerven, ganz zu schweigen von Henry Dump, den er als Chef verachtete, und er war nicht einmal gerne unterwegs.

Er schrieb gerne und er hatte eine Schwäche für französische Küche. Wäre er doch nur damals bei Rachel geblieben. Eine wunderbare, unkomplizierte Frau, die wirklich gut kochen konnte und vermutlich die Einzige war, die ihn je geliebt hatte. Doch das war lange her und seither konnte er sich an keinen Tag erinnern, an dem er für sein Leben wirklich Freude empfunden hatte. Natürlich freute er sich über die kleinen Dinge im Leben. Über ein gutes Buch, über Eiscreme oder über zynische Bemerkungen, die ihm einfach so einfielen, aber dies änderte nichts an der Gesamtheit seiner Unzufriedenheit selbst. Sein Leben war einfach nicht so verlaufen, wie er es sich vorgestellt hatte, und inzwischen war die Hälfte davon bereits wieder vorbei.

Wie groß war da schon die Wahrscheinlichkeit, dass nach fünfzig Jahren, in denen nichts Gescheites passiert war, in den nächsten fünfzig etwas Vernünftiges kommen würde? Deshalb hatte Bonn sein Leben eigentlich schon zu den Akten gelegt.

Als er vor etwa zwei Wochen im Flughafenrestaurant des Los Angeles Airports gesessen hatte, hätte er nicht gedacht, dass sein Pessimismus verfrüht sein könnte und ihn das Leben wiederentdecken würde. Er wusste nun, dass er sein altes Leben aufgeben konnte, um etwas Neues zu beginnen.

Er saß mit Mathilda auf der Veranda des Restaurants und blickte auf den öden, verlassenen Dorfplatz von Nabuko. Obwohl er es nie bewusst angestrebt hatte, wusste er ziemlich alles über Restaurants. Darüber, wie man sie führen musste, was eine gute Küche ausmachte, was die beste Vermarktung war, einfach alle Unterschiede zwischen schlechten und guten Restaurants.

Mathilda hatte ihm etwas gegeben, das er sein ganzes Leben lang gesucht hatte. Einen Sinn. Bonn wusste nun, dass er hier in Nabuko etwas Großes erschaffen wollte. Er hatte einen Ort gefunden, an dem er das Gefühl hatte, gebraucht zu werden. Hier konnte er etwas bewegen. Hier würde er etwas Greifbares aufbauen können, und er wusste, es würde ihm Freude bereiten. All die Dinge, die ihm in den letzten Tagen passiert waren, hatten ihn nicht davon abhalten können, nach Nabuko zu fahren. Spätestens nach der Sache im Flugzeug wäre jeder normale Mensch nach Hause gefahren und hätte sich bei seinem Chef ausgeheult, dass der Auftrag aus diesen und jenen Gründen nicht zu erfüllen war, doch Bonn wollte Dump keinen Grund geben, ihn beleidigen zu können. Im Grunde hatte er ständig Angst vor diesem Choleriker.

Doch nun konnte ihn Dump am Arsch lecken. Er würde kündigen und in Nabuko ein neues Leben aufbauen. Zunächst würde er mit Mathilda das Restaurant auf Vordermann bringen, dann würde er einen Weltvertrieb für Tucuhunanhuatl-Sauce aufbauen und aus Nabuko ein nettes Touristenörtchen machen.

Doch zunächst musste er eine alte Rechnung begleichen. Er musste noch eine letzte Kritik schreiben.

Das *Pink Flamingo* in Nabuko, Peru. So würde er es nennen. Es würde die beste Kritik sein, die er je geschrieben hatte, sie würde die vollen fünf Sterne bekommen und schon in der nächsten Ausgabe des Restaurantführers auf der ersten Seite stehen. Leute auf der ganzen Welt würden es lesen, nach Nabuko kommen, und nur hier würden sie die originale Tucuhunanhuatl-Soße bekommen. Noch nie hatte Bonn sich so voller Tatendrang gefühlt. Der Text für seine letzte Kritik war gerade einmal eine halbe Seite lang. Kurz, aber geheimnisvoll und ansprechend. Bonn hatte es Mathilda zum Lesen gegeben. Sie war gerührt. Sie faltete den handbeschriebenen Zettel sorgfältig zusammen und steckte ihn in einen Umschlag.

Es stand die Adresse des Smithsonian World Travel Verlages darauf. Morgen früh würde der nächste Postflieger ankommen und den Brief mitnehmen. Spätestens in zwei Wochen würde er beim Verlag angekommen sein.

Bonn blickte in die rote Abendsonne, die langsam hinter den Silhouetten der Anden zu verschwinden begann. Eigentlich war es gar nicht mal so schlecht hier, dachte er nebenbei. Gut, es war eine dreckige, öde Gegend, aber auch irgendwie idyllisch, und man hatte verdammt noch einmal seine Ruhe hier. Edward Bonn genoss für einen Moment diese Ruhe. Das absolute Fehlen irgendwelcher Geräuschkulissen, nur der reine, unverfälschte Klang der Natur. Es war ein leiser, organischer Klang, wie ein ständiges Hintergrundrauschen, erzeugt durch den Wind, die Bäume, kreischende Tiere und spuckende Lamas. Es beruhigte ihn auf eine Art und Weise. Bonn schloss die Augen und ließ sich von den letzten Sonnenstrahlen wärmen.

Ein Schwall dreckigen, schlammigen Wassers spritzte über den kompletten Wagen und für einen Moment war es dunkel, bis die Scheibenwischer mit einem kratzenden Geräusch die Sicht wieder freiräumten. Der klapprige VW-Bus von Louis tuckerte in einem Tempo über die holprige Straße, das für einige seiner Bauteile schon etwas zu schnell erschien, sodass diese sich nicht ganz sicher waren, ob sie das alles noch lange mitmachen würden. Immer wieder krachte der Wagen in ein Wasserloch und eine schlammige Welle ergoss sich über ihn.

McMullin klammerte sich am Armaturenbrett fest und Vic, der auf der Rückbank saß, versuchte, nicht bei jedem Schlagloch mit seinem Kopf eine Delle in das Dach des Busses zu schlagen. Louis musste hingegen auf mehreren Sitzkissen Platz nehmen, um das Gefährt überhaupt steuern zu können. Vic hatte sich zwar angeboten, den Wagen selbst zu fahren, aber Louis hatte ihm versichert, dass nur er – und das könne man ihm wirklich glauben – diesen Wagen fahren konnte. Die Straße führte durch unwegsames Gelände in die Berge. McMullin fand, dass die Bezeichnung »Straße« eine ziemlich übertriebene Beschreibung war. Für ihn war der Weg wenig mehr als ein von Lamas in die Wildnis getrampelter Pfad, gerade breit genug, damit der ohnehin schmale VW-Bus Platz hatte.

»Wie weit ist es noch?«, fragte McMullin in der Hoffnung, die Höllenfahrt würde bald ein Ende haben.

»Wir sind bald da, Señor«, meldete Louis, der es dabei nicht für sonderlich wichtig befand, auf die Straße zu achten.

»Sagen Sie mal, ist das überhaupt der richtige Weg nach Nabaku?«

»Nabuko. Und ja, es ist der richtige Weg.«

Vic versuchte sich mit Hilfe einer alten Straßenkarte zu orientieren und drehte diese verwirrt umher.

»Sind Sie sicher? Ich denke nicht, dass die Straße eingezeichnet ist. Außerdem ist Ihre Karte hier aus dem Jahr 1945 und auf Deutsch beschriftet.«

»Eben, darum ist es ja der richtige Weg, vertrauen Sie mir.«

»Eben warum?«

»Na, weil die Straße nicht eingezeichnet ist, und auf deutsche Karten ist immer Verlass.«

Vic verstand diese Schlussfolgerung nicht, gab es aber auf, sich darüber weiter den Kopf zu zerbrechen, der durch die ständigen Zusammenstöße mit dem Dach des Wagens ohnehin schon schwer in Mitleidenschaft gezogen war.

Es folgten weitere Schlaglöcher und der Wagen bog in ein kleines, enges Waldstück ein. Der Trampelpfad wurde etwas schmäler und die Äste waren der Meinung, Bekanntschaft mit dem Wagen machen zu müssen, wurden von diesem aber sehr unhöflich niedergefahren und aus dem Weg geräumt. Nach einigen Hundert Metern kam am anderen Ende des Pfades wieder Licht zum Vorschein.

»Wir haben es gleich geschafft!«, brüllte Louis.

McMullin hielt sich noch etwas fester und blickte ungläubig auf die schmale Öffnung zwischen den Bäumen, auf die sie unweigerlich zufuhren. Kurz davor war etwas, das plötzlich seine Aufmerksamkeit beanspruchte.

»Was ist das da vorne?«

Ohne eine Antwort zu geben, trat Louis aufs Gas und beschleunigte rasant.

Am Ende des Waldes befand sich eine große, tiefe Pfütze, quasi schon ein Wasserloch, bestimmt groß genug, um den armen kleinen VW-Bulli samt Insassen zu verschlingen. McMullin war der Meinung, dass man zumindest vorher prüfen sollte, ob man da überhaupt reinfahren konnte, anstatt mit Vollgas darauf zuzurasen.

Vic sah das Problem von der Rückbank ebenfalls näher kommen und war sich über den Ausgang dieser Sache auch nicht besonders sicher.

»Ist das ein Wasserloch da vorne?«

»Ja, ist es.«

»Sollten wir dann nicht lieber anhalten?«

»Quatsch.«

»Was?«

»Ich sagte, scheiß drauf!«

McMullin und Vic sahen sich an und stimmten einander in ihrer Beunruhigung zu.

Louis schien zwar das Wasserloch zu sehen, aber offenbar stellte es für ihn kein Hindernis dar, um das man sich weiter kümmern musste. Mit Hindernissen dieser Art war das so eine Sache. Man sah sie zwar bereits aus der Entfernung und begann das Problem recht schnell zu realisieren, aber bevor sich der Verstand auf eine vernünftige Gegenmaßnahme einigen konnte, war es auch schon da und alles war zu spät.

Als Connor McMullin und Vic Torturro ihre Blicke wieder voneinander trennten und nach vorne richteten, türmte sich das Wasserloch bereits bedrohlich vor ihnen auf und war im Begriff, sie für immer und ewig in den Abgrund zu reißen. Es blieb nur noch Zeit für einen panischen Aufschrei, dann raste der klapprige VW-Bulli mit voller Wucht in die ekelhaft schlammige Wasserbrühe und wurde von einer braunen, sich auftürmenden Wasserwelle überschwemmt.

Ein unangenehmes, plötzlich auftretendes Geräusch störte die geistige Idylle von Edward Bonn. Ein mechanisches Surren und Klappern war aus der Entfernung zu hören und kam unweigerlich näher. Noch konnte er die Richtung, aus der es kam, nicht bestimmen, geschweige denn, um welche Art Geräusch es sich hier handelte.

Die Anwesenheit dieses Geräusches gefiel Edward Bonn nicht, er empfand es als unhöflich, aufdringlich und lästig. Seine Augen öffneten sich und suchten nach der Quelle der Ruhestörung. Offenbar schien sie sich aus Richtung des kleinen Waldstückes am Rande des Dorfes zu nähern. Etwas verärgert blickte Bonn in diese Richtung. Es war ganz klar ein Fahrzeug. Edward Bonn empfand die Selbstverständlichkeit, mit der es sich näherte, als Beleidigung. Empört stand er auf und stemmte die Hände in die Hüften.

Mathilda hörte und sah schlecht, aber auch ihr war nicht verborgen geblieben, dass sich etwas dem Dorf näherte, und sie blickte aufgeregt zu Bonn.

»Oh, kommt da jemand in unser Dorf?«

»Es sieht ganz danach aus«, bestätigte der Restaurantkritiker, während er seine Augen auf den kleinen Wald am Rande von Nabuko gerichtet ließ.

Mathilda war plötzlich ganz entzückt und hüpfte putzig auf und ab.

»Oh, vielleicht sind es Touristen, die unser Restaurant besuchen wollen? Oh, ich bin ganz aufgeregt.«

»Touristen? Wohl kaum«, murmelte Bonn vor sich hin.

»Keine Touristen? Oh, aber wer kann das dann sein?«

Mathilda blickte nun auch ganz gespannt in jene Richtung, aus der sich das ankommende Geräusch näherte. Noch war am Waldrand nichts zu sehen. Aus den Baumkronen stiegen Vogelschwärme empor und einige Baumwipfel wackelten bedrohlich. Nun war eindeutig das Klappern und Murren eines Wagens zu hören, der mit einem ziemlichen Affenzahn angerast kam.

Edward und Mathilda standen etwa fünfzig Meter vom Waldrand entfernt und erwarteten gespannt und mürrisch die Ankunft des Fahrzeuges. Zwei leuchtende Wagenlichter wurden zwischen den Bäumen sichtbar. Es knackte und krachte im Geäst. Dann fiel Bonns Blick auf die große Wasserpfütze am Waldrand und sein Gehirn kombinierte, dass das Gefährt sich dieser sehr schnell näherte und vermutlich unausweichlich hindurchfahren würde. Im nächsten Moment schätzte sein Verstand die Entfernung zwischen Pfütze und Veranda ab und versuchte, die Auswirkungen einer frontalen Kollision von Fahrzeug und Wasserloch auf die Position von Bonn und Mathilda zu ergründen. Er kam zu dem Schluss, dass es gut möglich sein konnte, dass der verzögerte Bremsweg des Fahrzeuges und die durch die Wucht des Aufpralls in

Bewegung gesetzte Wassermasse sich eventuell negativ auf die beiden auswirken könnten. Mit Überlegungen dieser Art war das so eine Sache. Man sah das vermeintliche Unheil zwar kommen, war sich aber zu lange über dessen Bedeutung im Unklaren und kam erst zu spät zu der Schlussfolgerung, dagegen etwas unternehmen zu müssen. Und dann war es auch schon passiert.

Mit einem lauten Krach raste das ankommende Fahrzeug wie ein Torpedo in das Wasserloch und peitschte eine braune Wasserwelle vor sich auf. Es spritzte in alle Richtungen, das gefährlich laute Surren des Motors war zu hören und wurde im nächsten Moment durch ein blubberndes Gurgeln ersetzt.

Edward Bonn blickte wie erstarrt auf die braune Wasserwalze, die sich auf ihn zubewegte. Im nächsten Moment durchbrach ein bunter, alter VW-Bus, mit einem Peace-Zeichen auf der Motorhaube, die Wasserfront. Das Quietschen von nassen Bremsbelägen und das Rutschen schlechter Reifen auf matschigem Untergrund waren zu hören. Eine Wasserfontäne spritzte Edward Bonn entgegen und er hatte schon fest damit gerechnet, frontal von ihr getroffen zu werden, als sich plötzlich ein roter Regenschirm vor ihm öffnete und die Wucht der Wassermassen abwehrte.

Der Wagen geriet ins Schleudern, das Heck entschloss sich, den vorderen Teil des Busses zu überholen, überlegte es sich dann doch wieder anders, brachte die Gesamtheit des Fahrzeuges gefährlich ins Kippen, machte dann einen Satz und kam mit einem Krach direkt vor Bonn zum Stehen.

Mathilda klappte den Regenschirm wieder ein und schüttelte ihn ab. Sie hatte ja gewusst, es würde der Tag kommen, an dem sie ihn brauchen würde.

Wie ein erschossenes Tier stand der Wagen da, und zunächst rührte sich nichts. Dann war ein Klacken zu hören und die Beifahrertür schwang langsam auf. Ein zittriger McMullin lugte hervor und stieg mit äußerst schwachen Knien aus. Auch die hintere Schiebetür des Wagens sprang mit einem Poltern auf, ein taumelnder Vic Torturro kullerte heraus und rieb sich seinen mit Beulen übersäten Kopf.

»Hola!« Fröhlich wie eh und je sprang Louis aus dem Wagen, atmete tief ein und stemmte die Hände in die Hüfte.

»Das war vielleicht eine Fahrt!«

Bisher hatte noch keiner der drei von Edward Bonn oder Mathilda Notiz genommen. Diese standen immer noch stumm da und starrten die Neuankömmlinge an, als handle es sich um Besucher aus einer anderen Welt.

Nachdem Louis ein paarmal richtig tief Luft geholt hatte, fiel sein Blick plötzlich zu Bonn und Mathilda.

»Señor Bonn?«, fragte er ungläubig.

Der leicht geschockte Restaurantkritiker blinzelte und schüttelte dann den Kopf.

»Ah, ihr kennt euch?«, sprudelte es fröhlich aus Mathilda hervor. Sofort trippelte sie auf Louis zu und schüttelte ihm euphorisch die Hand.

»Willkommen in unserem schönen Dorf, willkommen in Nabuko. Wir haben hier sogar ein Restaurant«, schwärmte sie und deutete dabei auf den rosafarbenen Blechkasten im Hintergrund.

Inzwischen hatten auch McMullin und Vic die alte Dame und den Restaurantkritiker bemerkt.

»Bonn, Sie verfluchter Mistkerl!«, übertönte plötzlich die aufgebrachte Stimme von Louis die freundliche Begrüßungszeremonie. Er ließ Mathilda links stehen, marschierte auf den gut doppelt so großen Edward Bonn zu und fluchte dabei irgendwas auf Spanisch.

»Sie haben mich ruiniert, Sie verfluchter Restaurantkiller!«

Vic und McMullin sahen sich einen Moment unschlüssig an und stürmten dann zu Louis, um ihn festzuhalten, bevor er aus Bonn Hackbraten machen konnte.

»Louis! Beruhigen Sie sich!«, rief Vic, während er den kleinen Zwerg mit einer Hand hochhielt und dieser wild mit den Füßen baumelte.

Edward Bonn wusste nicht, was er von der Sache halten sollte. Warum war McMullin hier? Die alte Kellerassel aus dem Verlag hatte es doch bisher nicht einmal aus Downtown rausgeschafft, was zur Hölle hatte er jetzt hier in Nabuko zu suchen? Und wer war dieser andere Typ? Und wieso waren sie mit diesem Louis hier? Er konnte sich zwar an den kleinen Küchenchef erinnern, vor allem deswegen, weil seine Tapas wirklich grauenhaft waren, aber wie das alles zusammenpasste, war ihm ein Rätsel.

»McMullin, was zur Hölle tun *Sie* denn hier?«, stammelte Bonn.

»Wir sind hier, um Sie zu töten!«, antwortete Louis, der immer noch von Vic hochgehalten wurde.

»Halten Sie den Mund, Louis!«, gab McMullin scharf zurück und wandte sich dann wieder an Bonn.

»Meine Güte, Edward. Wissen Sie eigentlich, dass sich im Verlag alle verrückt gemacht haben wegen Ihnen?«

»Ich habe hier ein Restaurant bewertet, mein guter McMullin.«

»Ja, aber wir haben seit zwei Wochen nichts mehr von Ihnen gehört. Wir haben schon geglaubt, Ihnen ist etwas zugestoßen, und Dump ist förmlich übergekocht, weil sich die neue Ausgabe des Restaurantführers verzögert hat, weil Ihre verdammten Kritiken nicht eingetroffen sind. Und deshalb wäre fast ein großer Deal mit einem Filmproduzenten geplatzt, der die Filmrechte daran haben wollte, aber nur, wenn der Restaurantführer auf Platz eins der Bestsellerliste ist. Und deshalb sind wir hier, damit Sie endlich Ihre scheißletzte Kritik abgeben können.«

»Jemand will die Filmrechte am Restaurantführer?«, fragte Bonn ungläubig.

»Ja, haben Sie ein Problem damit?«, warf Vic ein.

»Nun ja, ich weiß nicht, ob man daraus einen guten Film machen kann, ich meine, ich denke, ich würde mir so etwas nicht ansehen, aber, na ja, ist ja nicht mein Problem.«

»Sagen Sie das am besten Tony Brooks. Mir wollte er es ja nicht glauben.«

»Wem?«

»Tony Brooks, meinem Chef. Der Produzent, der die Filmrechte kaufen will. Und weil er sie wirklich will, hat er mich hierher geschickt, damit ich sicherstellen kann, dass die Sache klargeht.«

Edward Bonn verstand kein Wort, aber es war ihm egal.

»Was haben Sie überhaupt so lange hier gemacht, Edward?«, fragte McMullin schließlich.

Bonn warf ihm einen ernsten Blick zu, der etwas sehr Endgültiges hatte. Er streckte die Arme in den Himmel und drehte sich im Kreis.

»Das hier ... ist mein neues Zuhause!«

»Ihr was?«

McMullin fiel die Kinnlade herunter.

»Das ist ein Haufen Scheiße hier. Sie haben doch nicht irgendwelche Drogen genommen, oder?«

Edward Bonn blieb ernst.

»Nein. Ich werde beim Verlag kündigen, hier bleiben und mir ein neues Leben aufbauen. Ich werde aus diesem Ort etwas ganz Neues gestalten.«

McMullin blickte sich mit mürrischem Blick um. Für ihn bestand die Gegend nur aus Dreck und schäbigen Wellblechhütten. Dann ging er entschlossen zu Bonn und gab ihm eine deftige Ohrfeige.

»Ich habe ja schon immer gewusst, dass Sie ein Spinner sind, Edward, aber offenbar sind Sie jetzt komplett verrückt geworden. Sie haben einen Job zu erledigen, verdammt! Sie werden jetzt ihre Sachen packen, mit uns zurück nach Inquitos fahren und dann nach Los Angeles fliegen. Ist das klar?«

McMullin konnte, wenn er wollte und er es als notwendig empfand, auf seine spezielle, schottische Art sehr autoritär werden. Nicht, dass er sich zu solch plumpen Wutanfällen verleiten lassen würde, wie Henry Dump es tat. Stattdessen bediente er sich schlichtweg einer sehr ernsten und standhaften Rhetorik. Normalerweise verfehlte er damit seine Wirkung nicht und war sogar imstande, einen Henry Dump einzuschüchtern.

»Nein, das werde ich nicht!«, entgegnete ihm Bonn entschlossen und rieb sich die Wange.

»Ich werde bestimmt keinen Tag länger für dieses ekelhafte, fette Schwein Henry Dump arbeiten. Ich werde nie wieder mein Dasein mit einer unbefriedigenden, undankbaren Arbeit verschwenden und mich mit hirnlosen Kollegen und schlechtem Essen abgeben. Nein, bis hierher und keinen Schritt weiter. Ich werde diesem verfluchten Ort Los Angeles, wo sich alles nur um gutes Aussehen, Mode und all diesen oberflächlichen Kram dreht, endgültig den Rücken kehren. Und sagen Sie Ihrem Boss, dass ich seit 1989 keinen guten Film mehr gesehen habe. Die Hollywoodtypen sollen sich endlich mal was Neues überlegen und nicht immer Teil XY von irgendeiner abgelutschten Scheiße bringen. Mich kotzt das so an!«

McMullin war beeindruckt. Zwar hatte er nicht viel Umgang mit Menschen, aber so überzeugend hatte ihm noch niemand widersprochen und er war gerade von Edward Bonn sehr überrascht, den er eigentlich als zurückhaltend und kuschend in Erinnerung hatte.

»Sie wollen also tatsächlich aussteigen, Edward? An diesem Ort?«

»Ja! Hier habe ich gefunden, was ich nirgendwo auf meinen Reisen bekommen habe. Aufmerksamkeit. Mathilda braucht mich. Zusammen werden wir aus Nabuko ein hübsches Örtchen machen. Hier habe ich das Gefühl, gebraucht zu werden. Seien Sie doch mal ehrlich, McMullin. Kein Schwein der Welt braucht die x-fache Auflage eines Restaurantführers. Sie sollten mal in Ihrem Keller stöbern und was Neues aus der Kiste zaubern.«

»Verdammt, Edward! Sie haben ja recht. Soll Dump doch zum Teufel gehen mit seinen Filmrechten.«

McMullin blickte zu Vic und Louis.

»Sie sind doch auch der Meinung, dass das eine komplette Schnapsidee von Ihrem Chef ist, oder nicht, Mr. Torturro?«

»Ja, ähm ... im Grunde schon.«

McMullin drehte sich zu Bonn und gab ihm einen festen Händedruck.

»Edward, Sie waren all die Jahre wirklich eine arme Sau. Ich verstehe Ihre Entscheidung und ich werde Dump von Ihnen ausrichten, dass er sich am Arsch lecken kann.«

Bonn war gerührt. Noch nie hatte ihm jemand eine so schöne Geste wie diesen Händedruck gewährt.

»Da wäre nur noch eines, um das ich Sie bitte.«

Bonn kramte den Umschlag hervor und gab ihn McMullin.

»Meine letzte Kritik für den Restaurantführer. Sorgen Sie dafür, dass sie abgedruckt wird.«

McMullin blickte staunend auf den Umschlag und drehte ihn unschlüssig hin und her. Dann klopfte er Bonn auf die Schulter.

»Sie können sich darauf verlassen, mein lieber Edward. Ich wünsche Ihnen alles Gute. Und vielleicht lassen Sie ja wieder mal von sich hören. Ich merke, es tut mir gut, von Zeit zu Zeit aus meinem Keller rauszukommen.«

Bonn lächelte. Er wusste nicht, wann er das zuletzt getan hatte. Es fühlte sich seltsam an und er war sich noch etwas unsicher dabei, aber er mochte es.

»Wie? Das war es jetzt?«, fragte Louis ungläubig.

»Ja, ich denke schon«, antwortete Vic.

»Wir bringen ihn nicht um?«

»Nein.«

»Verdammt!«

Louis wurde von Vic wieder in den Bus befördert – diesmal auf die Rückbank.

»Im Grunde haben wir nun doch erhalten, wozu wir hier waren«, meinte Vic zu McMullin.

»Ich denke, am meisten hat unser Edward Bonn bekommen.«

Kurze Zeit später brauste der klapprige Wagen wieder davon. Edward Bonn stand immer noch wie angewurzelt da und war sich noch nicht ganz der Tragweite seiner Entscheidung bewusst. Er wusste nur, dass es die richtige war.

»Waren das Freunde von dir?«, fragte Mathilda.

»Nicht unbedingt. Aber ich denke, sie kommen wieder.«

Ein Filmstudio in West Hollywood, zwei Jahre später:

Cut!«

Am anderen Ende der großen Studiohalle erhob sich Vic Torturro aus seinem Regiestuhl.

»Gut, das war's für heute. Feierabend, Jungs!«

Tony Brooks trat zu ihm und klopfte ihm auf die Schulter.

»Vic, na, wie läuft die Sache?«

»Es ist wirklich eine Ehre, Tony, dass du mich die Regie machen lässt, ich wollte das schon immer mal tun.«

»Ach, weißt du. Wenn du Erfahrung als Statist hast, dann kannst du auch Regie führen. Außerdem, ohne dich hätte ich den Film nie produzieren können, der Dank gilt also ganz dir. Komm! Ich lad' dich auf einen Kaffee ein.«

Tony und Vic bewegten sich langsam zum Studioausgang, während die Filmcrew in chaotischer Weise mit den Aufräumarbeiten begann.

»Mr. Brooks!«, schallte es durch die Halle und ein junger Bursche kam gelaufen.

»Sir, ich hab' das Drehbuch umgeschrieben. Hab' zum Schluss noch eine Schießerei reingepackt.«

Der Drehbuchautor Steven Red kam etwas keuchend vor Brooks und Vic zum stehen.

»Schießerei?«, fragte Vic etwas verwundert. »Verdammt, warum weiß ich nichts von einer Schießerei?«

»Ich dachte, dadurch kriegt die Geschichte etwas mehr Schwung«, antwortete Brooks mit überzeichneter Handgestik.

»Aber es gab überhaupt keine Schießerei am Ende.«

»Eben! Darum musste unbedingt eine rein. Du wirst sehen, die Leute werden es lieben.«

»Na, wenn du meinst.«

Tony grinste zufrieden und gab dem jungen Drehbuchautor einen Klaps auf den Rücken.

»Nur weiter so, Steven, Sie machen sich hervorragend. War richtig von Ihnen, das Dramagenre an den Nagel zu hängen und auf etwas mehr Action zu setzen. Geht doch viel einfacher, oder?«

»Äh, ja, Sir.«

»Gut, gut. Steve, vergessen Sie nie: Was die Leute wollen, ist all das, was sie in ihrem Leben niemals selbst erfahren werden, nämlich Action.«

Am Studioeingang lehnte eine hagere Gestalt, gehüllt in einen braunen Ledermantel, und winkte Vic zu, als dieser sich ihr näherte. Vic war sichtlich erfreut und ging schnellen Schrittes auf den Mann zu.

»McMullin! Das ist ja eine Überraschung. Wusste gar nicht, dass Sie schon wieder in der Stadt sind.«

»Ich kann doch die Dreharbeiten nicht verpassen. Ich hörte, heute ist der letzte Tag, in sechs Monaten ist bereits Premiere.«

»Ja, das ist Tonys Arbeitseifer. Sie sehen übrigens gut aus. Ihr neuer Job scheint Ihnen zu gefallen.«

»Das Reisen tut mir gut. Ich bin einfach zu lange in diesem Keller festgesessen.«

»Wie geht's dem guten Edward Bonn?«

»Er eröffnet nächsten Monat ein neues Clubhotel und hat soeben ein kleines Nobelrestaurant in Paris eröffnet. *La Chirac* heißt es. Sie sollten dort mal essen, wenn Sie nach Frankreich kommen.«

»Ich bin beeindruckt. Der Kerl hat es tatsächlich geschafft. Oh, ähm, wollen Sie einen Kaffee mittrinken? Tony und ich, wir wollten gerade ...«

McMullin winkte freundlich ab.

»Lieber nicht. Ich fliege heute noch nach Tokio, dort eröffnet ein neues Lokal, soll dort Walfleisch geben.«

»Schmeckt beschissen. Echt, versteh' gar nicht, warum das jemand essen will.«

Während McMullin und Vic über die genauere Konsistenz von Walsteaks sprachen, freute sich Henry Dump am anderen Ende der Halle über einen großen Donut mit Erdbeerfüllung. Ja, er war glücklich, nicht nur wegen des Donuts. Der Verlag hatte in den letzten Jahren gleich mehrere Bestseller veröffentlicht und er hatte geschafft, dass »Das Leben eines Kritikers« verfilmt wurde. Nie hätte er gedacht, dass er für diesen schmierigen Hund Edward Bonn doch noch etwas Dankbarkeit empfinden würde. Hätte dieser nicht Vorlage für die Story gestanden, wäre aus der Verfilmung des Restaurantführers nie etwas geworden. Bonns Job durfte jetzt McMullin machen. Unverständlicherweise war dieser froh darüber, endlich aus seinem Bürobunker im Keller des Verlages herauszukommen. Zwar konnte niemand so bissige und boshafte Kritiken schreiben wie Edward Bonn, aber McMullin gab sich alle Mühe.

Ja, es hatte sich alles zum Guten gewendet. Bonn hatte in Nabuko ein Ferienörtchen mit Golfplatz aufgebaut und besaß eine weltweite Restaurantkette. Dump hatte es auch endlich geschafft, diesem McDuffy gehörig eins auszuwischen, was mitunter das Beste an der ganzen Sache war. Dabei hätte dieser ihn beinahe in den Knast gebracht. McDuffy hatte einem verrückten Bullen namens Giggle die ganze Story rund um Edward Bonns Verschwinden weitergegeben und wollte Dump damit etwas anlasten, aber letztendlich war es McDuffy, der wegen seiner zwei Handlanger Harry und Finch auf der Anklagebank landete.

Ja, Henry Dump war auf eine selbstherrliche Art glücklich und stopfte sich einen zweiten Donut in den Mund.

Steven Red, der junge Drehbuchautor, eilte an ihm vorbei und kritzelte Notizen in ein Drehbuch. Auch er hatte es geschafft. Sein letzter Film mit Brad Pitt und Angelina

Jolie war ein echter Renner gewesen. Zwar hatten die Kritiker den plumpen Kriegsfilm, in dem es um einen Fallschirmtrupp geht, der hinter den feindlichen Linien abspringt, im Alleingang auf brutale und beinharte Weise die Deutschen vermöbelt und dabei Hilfe von einer französischen Auftragskillerin bekommt, ziemlich zerrissen, aber die Effekte waren fantastisch und es krachte einfach an allen Ecken und Enden. Die Leute liebten den Film.

Danach hatte Brooks ihm angeboten, das Drehbuch zu »Das Leben eines Kritikers« zu schreiben. Steve Buscemi übernahm darin die Rolle des Edward Bonn, John Turturro die von Vic und Harvey Keitel die von McMullin. Außerdem spielten John Goodman als Henry Dump und John Malkovich als Arthur McDuffy mit. Eine Starbesetzung, die sich durchaus sehen lassen konnte. Schon jetzt wurde der Streifen als die beste Komödie des Jahres gefeiert. Brooks verstand eben etwas von voreiligem Marketing.

Ja, manchmal wendet sich zum Schluss alles zum Guten. So funktioniert das Leben in einer Stadt wie Los Angeles. Die Höhen und Tiefen des Lebens kommen hier geballt zusammen und entladen sich meist in kitschigen Hollywoodstreifen. Aber ein Happy End ist eben doch das Schönste. Dort draußen in der weiten Welt lauert der alltägliche Trott, und wenn schon das Leben für die meisten Menschen ein langweiliger ungesüßter Brei ist, so sollte doch in der Welt der Fantasie am Ende der Held sein Mädchen bekommen und alle Schurken ihre gerechte Strafe erleiden, sodass man sich beruhigt zurücklehnen kann und für eine Weile das Gefühl hat, dass die Welt zwar ein ziemlich mieser Ort ist, am Ende aber doch alles gut ausgehen wird.

THE END